A Noite Escura
e Mais Eu

Coleção Lygia Fagundes Telles

LIVROS DE LYGIA FAGUNDES TELLES
PUBLICADOS PELA COMPANHIA DAS LETRAS

Ciranda de Pedra 1954, 2009
Verão no Aquário 1963, 2010
Antes do Baile Verde 1970, 2009
As Meninas 1973, 2009
Seminário dos Ratos 1977, 2009
A Disciplina do Amor 1980, 2010
As Horas Nuas 1989, 2010
A Estrutura da Bolha de Sabão 1991, 2010
A Noite Escura e Mais Eu 1995, 2009
Invenção e Memória 2000, 2009
Durante Aquele Estranho Chá 2002, 2010
Histórias de Mistério 2002, 2010
Passaporte para a China 2011
O Segredo — e Outras Histórias de Descoberta 2012
Um Coração Ardente 2012
Os Contos 2018

Lygia
Fagundes
Telles

A Noite Escura e Mais Eu

Contos

Nova edição revista pela autora

POSFÁCIO DE
Fábio Lucas

Companhia Das Letras

Grafia atualizada segundo o Acordo
Ortográfico da Língua Portuguesa de 1990,
que entrou em vigor no Brasil em 2009.

CAPA E PROJETO GRÁFICO
warrakloureiro
sobre detalhe de *O diamante*,
de Beatriz Milhazes, 2002, acrílica sobre tela,
250 x 381 cm. Coleção particular.

FOTO DA AUTORA
Adriana Vichi

PREPARAÇÃO
Cristina Yamazaki/ Todotipo Editorial

REVISÃO
Valquíria Della Pozza
Ana Maria Barbosa

Dados Internacionais de Catalogação na Publicação (CIP)
(Câmara Brasileira do Livro, SP, Brasil)

Telles, Lygia Fagundes
A Noite Escura e Mais Eu : Contos / Lygia Fagundes Telles; posfácio de Fábio Lucas. — 1ª ed. — São Paulo : Companhia das Letras, 2009.

Nova edição revista pela autora
ISBN 978-85-359-1546-4

1. Contos brasileiros I. Lucas, Fábio. II. Título

09-09116 CDD-869.93

Índice para catálogo sistemático:
1. Contos : Literatura brasileira 869.93

2ª reimpressão

EDITORA SCHWARCZ S.A.
Rua Bandeira Paulista, 702, cj. 32
04532-002 — São Paulo — SP
Telefone: (11) 3707-3500
www.companhiadasletras.com.br
www.blogdacompanhia.com.br
facebook.com/companhiadasletras
instagram.com/companhiadasletras
twitter.com/cialetras

Ninguém abra a sua porta
para ver que aconteceu:
saímos de braço dado
a noite escura e mais eu.

CECÍLIA MEIRELES

Sumário

A Noite Escura e Mais Eu

Dolly

Ela ficou mas a gota de sangue que pingou na minha luva, a gota de sangue veio comigo. Olho as luvas tão calmas em cima da pequena pilha de cadernos no meu colo, a mão esquerda cobrindo a mão direita, escondendo o sangue. Dolly, eu digo e estou calada e olhando em frente neste bonde quase vazio. Dolly! eu repito e sinto aquele aperto no estômago mas não tenho mais vontade de puxar a sineta, descer e voltar correndo até a casa amarela, queria tanto fazer alguma coisa mas fazer o quê?! Olho as luvas de crochê cor de caramelo e agora sei, preciso me livrar delas, não ver nunca mais o sangue que pingou e virou uma estrelinha irregular, escura, me livrar das luvas e seguir o meu caminho porque sou uma garota ajuizada e uma garota ajuizada faz isso o que eu fiz, toma o bonde Angélica e volta para casa antes da noite. Antes da tempestade, vai cair uma tempestade. Quando subi neste bonde eu tive a sensação de que um passageiro invisível subiu comigo e se sentou aqui ao meu lado, só nós dois neste banco. Não posso vê-lo mas ele me vê. Espero até ouvir sua voz perguntando se vou contar o que aconteceu. Fui à Barra Funda buscar os meus cadernos de datilografia que esqueci na casa da Dolly, eu respondo e de repente me sinto melhor falando, descubro que é bom falar assim sem pressa enquanto o bonde corre apressado e sacolejando sobre os trilhos. Dolly é a moça do anúncio do jornal, eu digo. Alameda Glete, uma casa geminada. Toquei a campainha, ninguém atendeu, na véspera ela já tinha dito que saía muito. Abri o portãozinho, atravessei o pequeno jardim precisado de água e experimentei o trinco da porta. Entrei e chamei, Dolly! Ninguém na saleta. Fiquei parada até que apareceu o gatinho que miou assustado e fugiu passando por entre as minhas pernas. Quando quis ver se ele não desfiou minha meia reparei que a luz estava acesa. Estranhei, ainda era dia. Estranhei também a desordem, cinzeiros e copos espalhados por toda parte, dois pratos com restos de comida ali no chão, mas me lembrei que Dolly é artista e em casa de artista deve ser assim em noite de festa, teve festa. Quando achei meus cadernos empilhados num canto, vi o calendário amarelo jogado em cima de um almofadão, o ano de 1921 desenhado a nanquim, cada número suspenso no alto pelo bico de uma andorinha azul. Na parede, o prego. Pensei em dependurar o calendário e em trocar o leite talhado na tigela do gato mas se começasse a botar ordem nas coisas, não ia parar mais. Saí. Atravessei o jardinzinho estorricado e já estava na calçada quando a vizinha apareceu na janela, a velhota queria saber se ninguém me atendeu. Ninguém, eu respondi. Só vi o gato. A velhota deu uma risadinha com a boca entortada, Se não dou a comida desse gato ele já tinha morrido. Há de ver que ela está ferrada no sono, a moça é levada da breca, a noite passada fez uma farra que durou até a madrugada. A vizinhança não está aguentando mais, a gente vai dar parte. Você é amiga dela? Fui recuando de costas. Não, não é minha amiga, respondi e apontei o céu. A tempestade! preciso ir. Cheguei correndo ao ponto do bonde que quase perdi, por sorte era este Angélica. Subi e estou voltando para casa. Acabou, eu digo e o passageiro invisível espera um pouco até fazer a pergunta, Mas Dolly não é a sua amiga? Contorno com as mãos bem-comportadas a pilha dos cadernos, o bonde está correndo muito, quase foi tudo para o chão. Amiga propriamente não, eu respondo e ouço minha voz reprimida que se esconde daquela Dolly tão descoberta e tão generosa. Seria minha amiga se tivéssemos mais tempo, eu acrescentei depressa, quero falar, sei que vou me salvar falando e adianto, eu queria sair da pensão e por isso recortei toda animada o anúncio do jornal. E se desse certo morar numa casa dividindo as despesas com a dona? Queria tanto ter um quarto só meu, sem entrar na melancólica fila do banheiro, o sabonete na mão, a toalha, Meus Anjos, meus Santos! A casa da anunciante ficava na Barra Funda, a coincidência é que tínhamos a mesma idade. Ela deu as indicações, o bonde, a casa geminada. Gostei do nome da rua. Alameda Glete, mas senti o coração pesado, era o medo da mudança? Achei a casa engraçada, achei a moça meio desmiolada mas tão bonita e não era o que eu queria, não era bem o que eu queria. Quando me despedi dessa Dolly, já sabia que não ia voltar. Na pensão, enquanto escovava meus dentes na pia do quarto é que lembrei, os meus cadernos! Tinha esquecido na casa os benditos cadernos, vou ter que voltar, resolvi, e sacudi-me no desânimo, tomo amanhã o Barra Funda, pego a cadernada e volto voando! Foi o que eu fiz.

Mas, e esse sangue que pingou aí na luva, pergunta o passageiro soprando no fundo do meu ouvido. Cruzo as mãos sobre as luvas e agradeço a Deus por essa pergunta que já estava esperando, tinha que ser feita e eu tinha que responder. Agora sei que vou falar até o fim, o sangue. O sangue. Quando entrei na casa estava de luvas. Chamei, Dolly! O gato apareceu e fugiu. No silêncio, a desordem. A luz acesa. A porta do escritório estava entreaberta. Espiei e vi Dolly na cama debaixo de um acolchoado. Chamei de novo, Dolly! mas sabia que ela estava morta. Fui me aproximando, estava morta. Comecei a tremer, um nó na garganta e as pernas bambas. O acolchoado limpo, sem nenhuma dobra, a casa inteira revirada e o acolchoado chegando mansamente até o queixo de Dolly que me pareceu tão calma, de uma calma que contrastava com a cabeleira emaranhada, aberta no travesseiro. A pesada sombra azul das pálpebras era a única pintura que restou na pele de máscara esvaída. Por entre as pálpebras, a fina nesga vidrada dos olhos. A cabeça da Maria Antonieta estava no chão, me abaixei para pegar a cabeça de porcelana que era de atarraxar e de repente fiquei de joelhos, até que achei melhor ficar de joelhos, o tremor. Espiei debaixo da cama e então vi a poça de sangue negro, quase negro. Perto da poça uma garrafa vazia que rolou da cama. Rolou ou foi jogada lá embaixo? Estendi o braço e com a ponta do dedo fiz rolar a garrafa de vinho que veio vindo até quase tocar nos meus joelhos. Uma crosta de sangue já coagulado cobria todo o gargalo da garrafa até chegar à circunferência da boca onde a crosta parecia mais amolecida, fechando essa boca feito um dedal. Dois filetes de sangue tinham escorrido e seguiram paralelos até o rótulo, onde pararam endurecidos sobre duas letras douradas, um *B* e um *A*, o relevo das letras servindo de dique para segurar as gotas. Abri a boca para respirar e senti o cheiro morno que vinha de debaixo da cama, aquele cheiro corrompido de uma goiaba que apodreceu e rachou. Continuei ali sem poder me mexer, só respirando, respirando até que de repente empurrei a garrafa para o lugar de onde tinha vindo e acho que foi nessa hora que a gota retardada de sangue pingou do colchão na minha luva. Apertei entre as mãos a cabeça de porcelana da boneca do telefone e fui engolindo toda aquela água que juntou na minha boca. Quando me levantei e olhei para a cama foi com a absurda esperança de não ver mais a Dolly ali. Meus Anjos, meus Santos, fiquei chamando, meus Anjos, meus Santos! repeti e não pensava neles mas em Matilde contando em voz baixa aquela história, roendo as unhas e contando o crime de um famoso ator do *écran*, era um cômico de nome difícil mas o apelido era fácil, o apelido fácil e o riso na cara redonda, Chico Boia. Eu estava me vestindo, tinha uma aula e Matilde dando voltas em redor e contando no seu tom mais secreto o caso de arrepiar, foi o noivo que lhe passou isso, mas eu não conhecia esse astro do cinema americano? Pois trancou-se no quarto de um hotel famoso com uma mocinha que queria ser estrela, mas quem não queria ser estrela? Então trancou-se com ela nessa festa para comemorar alguma coisa e de madrugada enfiou-lhe uma garrafa entre as pernas, uma garrafa ou coisa parecida. Parei de me pentear e fiquei olhando Matilde pelo espelho, ela estava atrás de mim. Enfiou o quê?! Ela ficou na ponta dos pés e tirou o polegar da boca, Uma garrafa! Que entrou tão fundo que arrebentou tudo lá dentro, a mocinha foi morrer no hospital. Meu noivo lê essas revistas do cinematógrafo que nem chegam até aqui, eu sabia o nome da moça, agora esqueci, um escândalo! Chico Boia negou tudo, disse que era inocente mas todo mundo ficou desconfiado e a carreira dele é capaz de acabar. Peguei a boina, as luvas e fui saindo com Matilde atrás, o noivo que lia livro policial achou que podiam ser três os motivos do crime, ela resistiu na hora e ele ficou uma fúria, virou bicho e veio com a garrafa ou coisa parecida. Segundo motivo, ele não conseguiu acabar o que tinha começado e ficou com tanta vergonha que subiu a serra, parece que o homem, coitado! às vezes não consegue e então abre o caminho com a primeira coisa que tiver na mão, pode até ser essa mão! assustou-se Matilde com a própria descoberta. Eu já estava atrasada, a minha aula, Fala Matilde, e o terceiro motivo? Ela abotoou no pescoço o casaquinho e me encarou arfante, Sabe que não lembro? Fechei os olhos, o nó na garganta e a boca salivando, Meus Anjos, meus Santos!... Peguei a ponta do acolchoado e fui puxando devagar. Dolly estava deitada de costas e vestia uma bata de cetim preto decotada e curta com bordados de vidrilhos em arabescos, mas da cintura para baixo estava nua. Tinha as pernas ligeiramente encolhidas de encontro ao ventre, as mãos tentando enlaçar as pernas. Debaixo, a mancha de sangue formando uma grande roda no lençol. Puxei depressa o acolchoado e cobri o horror. Minhas pernas tremiam tanto que mal podiam me aguentar. Dolly, o que fizeram com você? perguntei e de repente eu tive a impressão de que ela ficou uma outra pessoa, não era mais a Dolly que conheci, na morte ela ficou uma quase desconhecida com o mesmo emaranhado da cabeleira mas sem aquele brilho que vi na véspera. Contou que seu verdadeiro nome era Maria Auxiliadora. Então essa era a Maria Auxiliadora porque a outra, a Dolly com sua beleza fulgurante, a outra tinha desvanecido. No mármore do criado-mudo, um charuto que foi queimando sozinho até virar essa casca de cinza guardando a forma antiga. Minhas pernas ainda tremiam e meus olhos estavam inundados, mas a tontura tinha passado. Chego a estender a mão para tocá-la na despedida e nem completo o gesto, *Bye*, Dolly. Volto para a saleta e vejo a vitrola aberta, a agulha estatelada no meio do disco. Tropeço num cinzeiro e encontro a Maria Antonieta descabeçada debaixo da mesa. Quando a levantei, vi o sangue na minha luva.

Antes de atarraxar-lhe a cabeça, espio no oco dessa cabeça e vejo uma colherinha de prata que parece ter ficado entalada nas reentrâncias da porcelana onde descubro estrias do que me pareceu uns restos de sal ou bicarbonato, quis provar mas teria que tirar a luva e isso eu ia fazer na rua. Deixei a Maria Antonieta com sua cabeça no lugar e a saia rodada cobrindo o telefone. Pela última vez olhei o vitral da deusa de túnica vermelha, mas sem o sol por detrás, ele estava escuro. Apagado.

Divido casa c/ moça. Ligue urgente. Dolly. E o número do telefone. Na primeira vez que pedi a ligação, a telefonista informou que esse número não existia. Insisti e ela se desculpou, tinha entendido mal. A anunciante devia estar ao lado do telefone para atender com essa rapidez.

— *Hi!* Sou a Dolly, quantos anos você tem?

Com esse *Hai!* a Miss Green entrava na classe. Na despedida, o *Bai!* Mas avisou, não eram cumprimentos cerimoniosos.

— Tenho vinte e dois — respondi.

— *Okay, darling,* a minha idade. Meu pavor era ter que dividir a casa com uma velha. Vamos conversar, pode aparecer hoje? É o meu dia livre, sou artista. Quatro horas, está bem?

— Um momento! — pedi e procurei meu reloginho que não estava na lapela, Matilde levou e esqueceu de devolver. — Não sei se vai dar, Dolly, hoje tenho uma aula.

— Vai dar sim, anote o endereço.

— Um momento — pedi novamente e olhei em redor procurando meu estojo que devia estar ali na mesa e não estava. — Preciso pegar um lápis!

A moça é apressada e eu sou lenta, pensei enquanto entrava no quarto. Meu estojo estava na cama de Matilde junto da revista *A Scena Muda* com o retrato de Norma Talmadge na capa, o retrato e aquele bigodinho revirado que Matilde costuma desenhar nas estrelas, mas os astros, esses ela respeita. Meu lápis estava em cima do seu travesseiro.

— Pode dizer, Dolly. Alô! Alô!...

A moça tinha sumido. Fiquei pensando, essa Dolly era ligada ao inglês, quem sabe a gente podia praticar conversação? Mas muito agitada, minha sina era ter sempre por perto gente agitada, Matilde era outra que não parava dois minutos em cima dos dois pés. Ia pendurar o fone no gancho quando ouvi de novo a voz sem sossego.

— Fui buscar um cigarro, *sorry*! Minha casa é na Barra Funda, Alameda Glete, escreveu? Já dou o número, que agora esqueci, você mora onde?

— Numa pensão.

— Mas onde?

— Rua Martim Francisco, bairro de Santa Cecília.

— *Okay,* tome o bonde Barra Funda e na volta o Angélica,

é fácil. Você gosta de gato? Tenho um gatinho, o Thomas. Não sei ainda o seu nome, o que você faz?

— Estou numa escola de datilografia que fica no Centro e estudo português e inglês.

— Por que datilografia?

Fiquei muda, pensando. Ela não podia me fazer essa pergunta.

— Meu nome é muito comprido, uso só Adelaide Gurgel.

— *Okay*, Adelaide, estou esperando, quatro horas!

Desliguei e não perguntei o que devia perguntar, se tinha que dividir o quarto com mais alguém. E qual era o preço desse quarto. Meu coração pesando, vou perder a aula. Apalpei de novo a lapela, Ah, Matilde dos meus pecados! Encontrei-a no quarto, recostada na cama. Roía as unhas e lia sua revista com uma expressão extasiada. Estava de calcinha e combinação. Dos cabelos curtos pingava água, tinha saído do banho.

— Você pegou meu reloginho? De lapela.

Ela me encarou.

— Nossa, Ade, você entra sem fazer barulho, parece assombração! A corda do meu relógio desandou e peguei o seu, esqueci de devolver, vai me perdoar? — pediu e abriu a gavetinha do criado-mudo. O relógio estava entre saquinhos de caramelos e comprimidos de CafiAspirina. Entregou o reloginho e retomou a revista. — Hum, estou lendo aqui cada coisa, a Viola Dana olhou sem querer durante a filmagem para um daqueles holofotes e ficou cega, completamente cega! A Bebe Daniels é a mais popular de Hollywood depois do prefeito, sua única rival é a Mary Pickford, que acho muito enjoada.

Abro meu guarda-roupa e pego a boina e as luvas cor de caramelo que a tia fez. Mas essa boina não ficaria melhor sem essa pena de ganso? Mas se tiro a pena pode ficar um buraco no crochê, paciência, eu digo, e enterro a boina até as orelhas. Dou uma eriçada na franja que de tão comprida está entrando pelos meus olhos, tenho que aparar essa franja. Calço as luvas. E aparar as unhas. Olho Matilde que continua taque-taque, roendo as próprias.

— Seu cabelo, Matilde. Está molhando todo o travesseiro.

— Minha toalha de rosto está suja e a de banho deixei no varal, ensopada.

Tiro uma toalha da minha gaveta.

— Pronto, fique com esta. E por favor, enxugue esse cabelo!

Ela apanhou a toalha no ar.

— Posso saber onde a senhora vai assim chique?

— Marquei um encontro com a moça do anúncio, mas não fale nisso para ninguém, bico calado — pedi e me inclinei. Matilde tirava os sapatos e deixava no meio do quarto. Juntei-os perto do guarda-roupa. Recolhi debaixo da pia um pente e uma liga que deixei na sua cadeira.

— Já sei — ela gemeu. — Deixar coisas e sapatos desparelhados não dá sorte, perdão! Mas quer saber? Minha única sorte é casar com aquela besta do meu noivo, não quero diploma, não quero emprego, quero é me casar com aquela besta — disse e enrolou com força a toalha na cabeça num movimento de turbante. — Se ele desistir eu me mato.

Fiz um aceno com as pontas dos dedos e olhei o reloginho, quase quatro horas. O céu estava limpo mas o vento uivava por entre a galharia desgrenhada das árvores. Abotoei no peito o casaco. E agora? me perguntei quando desci do bonde e entrei na Alameda Glete. E se eu tivesse que pagar mais nessa casa sem refeições? E se essa Dolly fosse ainda mais trabalhosa do que a Matilde? Disse que era artista. E fumava.

— *Hi!* — Dolly me saudou da porta com a mesma alegria com que me atendeu por telefone. — Não foi fácil encontrar a casa?

Fiquei um instante parada. Nunca tinha visto antes ninguém com a beleza da moça que me esperava ali de pé sob uma réstia de sol. Os olhos pestanudos eram escuros, quase negros, mas os cabelos emaranhados tinham reflexos de ouro. Abriu os braços tão afetuosamente que cheguei a recuar, estranhei, a gente nem se conhecia. Disfarcei meu retraimento com o elogio que fiz ao seu perfume.

— Você gosta? É francês, ganhei de um namorado, como a gente se amava! — ela disse e foi me conduzindo. Entramos numa saleta. — O namoro acabou e o perfume ainda está aí, inteiro.

— Mas por que então?...

— Ah, *darling*, meu futuro está no cinematógrafo. E ele e a família, todo mundo implicando, foi melhor a gente se separar. Você tem namorado?

Antes de ouvir a resposta ela saiu correndo e subiu a escada, tinha ódio de janela batendo e essa janela do quarto lá em cima ficava batendo quando ventava. Fiquei olhando o vitral colorido ao lado da escada e onde uma deusa de túnica vermelha e sandálias douradas era servida por anjinhos encaracolados que voavam sobre o campo de flores. Com o sol atrás do vitral as cores ficavam de tal modo vivas que chegavam a iluminar a saleta. Uma saleta esquisita, atulhada de móveis, quadros. No chão, em cima de uma almofada e quase entornada, a tigela de leite do gato. Peguei a tigela e dei com uma Maria Antonieta de porcelana e pano, a saia rodada de tafetá cobrindo o telefone em cima da mesinha. Reparei que a gargantilha de rendas da boneca escondia a divisão do pescoço de porcelana com o peitilho de seda. Deixei a tigela no tapete. Quando endireitei o corpo, Dolly já estava na minha frente, encarapitada num almofadão. Tirou os cadernos do meu colo e apertou minha mão com tanta alegria que fiquei confundida.

— Então, Adelaide? Entendi que você quer ser secretária, é isso?

— Tenho também outros planos, eu escrevo.

— É mesmo? Escreve onde, *darling*!

— Por enquanto só no meu diário, tenho um diário.

Ela riu. Vestia uma luxuosa jaqueta de veludo com gola de astracã preto e uma ampla saia de casimira preta que lhe chegava até os extravagantes sapatos de camurça cor de ferrugem, a sola fina, do feitio dos sapatos dos índios americanos das revistas de Matilde.

— Escuta, *darling*, aluguei esta casa de dois irmãos velhinhos que foram agora morar com a irmã, me pediram que escolhesse o que quisesse de toda esta tranqueira, o resto eles mandam buscar. Sabe que ainda não tive tempo de fazer a escolha? — perguntou e abriu os braços. — Quando sair tudo isso você vai ver, esta casa é lindinha! Tem três quartos lá em cima e dois banheiros, dois! Estou dormindo aqui embaixo no escritório, ali! — E indicou uma porta envidraçada. Levantou-se. — Durmo no meio de estantes de livros, uma poeirada, mas tem uma cama que é deliciosa, o colchão é de penas, um ninho, os velhos até que se cuidavam. Quer subir e ver seu quarto?

— Depois, Dolly.

— Quando a gente arrumar a casa então eu subo com meu colchão, ainda não tive tempo, estou numa escola de arte dramática e estudo inglês, América, *darling*, América! Você vive do quê?

— Meu pai me manda uma mesada.

— Por enquanto não me fale em dinheiro, *okay*? Recebi uma bela bolada em dólares, não pense tão cedo em me pagar, eu queria era dividir esta casa com alguém. O que faz seu namorado? Como se chama?

— Gervásio.

— Vocês estão firmes? O que ele faz?

— Estuda na escola de belas-artes. E parece que trabalha num banco...

— Mas por que essa indecisão? Ataca, *darling*. Perguntei porque se tem namorado, ele não vai deixar você entrar nesse concurso, lógico, namorado é assim, você dá um espirro e ele quer saber por que você espirrou. Qual é sua altura, um metro e setenta?

— Acho que um pouco mais. Que concurso é esse, Dolly, não sei de nada...

— Foi uma ideia que me veio na cabeça, quer um conhaque? — perguntou e abriu a cristaleira. Tirou uma garrafa e copos. — Não tem conhaque melhor do que este, ganhei uma caixa de um amigo do ramo, você sabe, cinematógrafo. Vai querer um gole?

— Não bebo.

Ela voltou com o copo para o almofadão.

— *Okay*, entendi, aposto que é virgem, não é virgem? Garota, como você está apavorada! — ela exclamou e riu gostosamente. — Está apavorada como se eu fosse o próprio diabo, ah! *darling*, tome só um gole que vai ser bom, antes de engolir guarde o gole na boca e vai devagar, *okay*? Você está gelada, não está gelada? — perguntou e tocou na minha mão. — Uma pedra de gelo!

Tomei um gole do seu copo. Minha cara ardeu porque de repente achei que estava me comportando como uma verdadeira caipira.

— O caso é que você é apressada, Dolly, você é muito rápida e eu sou assim lenta.

— Sua família mora aqui?

— No interior, fica um pouco longe. A gente tinha uma fazenda de café.

— Uma fazenda?! Foi sua mãe que fez essa sua boina?

— Foi Tia Adelaide, tenho esse nome por causa dela. Mas você falou num concurso, Dolly, que concurso é esse, não sei de nada.

Ela tirou um cigarro de uma caixa da mesa mais próxima. Bebeu devagar, pensativa.

— O concurso vai eleger a mais bela brasileira. A eleita vai ganhar cinco contos de réis, uma viagem até Nova York e um contrato com a Paramount, Hollywood, *darling*, Hollywood! Quando te vi, pensei logo, essa daí também é bonita e pode ganhar porque é mais alta do que eu, se inventa de se candidatar eu posso perder. Mas sabe de uma coisa, o que é importante mesmo é o rosto, o corpo não vale tanto assim, essas estrelas que se enrolam em panos e joias é para disfarçar as sardas, as banhas. Meus amigos me disseram que o que vale é o rosto que aparece na telona. Parece que a comissão julgadora também faz muita questão dos dentes, está vendo? — perguntou e arregaçou os lábios. — Já fui até convidada pela companhia Odol para fazer um anúncio, acredita? Vai, mostra seus dentes, quero ver!

Mostrei os dentes. Ela ficou me olhando, impressionada.

— Meus amigos me contaram que muitas atrizes têm dentes postiços ou com tantos defeitos que elas só podem representar a desilusão ou a tristeza, é lógico. — Serviu-se de mais conhaque. — Você mora sozinha nessa pensão?

— Tenho uma companheira de quarto.

— É mesmo? Assim que nem a gente?

— Ela estuda, vai ser professora mas quer mesmo é se casar — respondi e me deu vontade de rir. — Fala muito nesse *écran*, está sempre lendo as histórias lá dos astros.

— Por que ela não vem morar aqui? Tenho três quartos, não vai precisar pagar nada! Olha, esta vitrola eu ganhei de um amigo que veio de uma viagem — disse e apontou uma caixa de couro verde em cima de um banco mais alto. — Você gosta de dançar? Adoro dançar, a gente pode armar às vezes uma fuzarca, tenho discos bem modernos — disse rapidamente. Calou-se. Os olhos pestanudos ficaram preocupados. — Uma candidata que conheci outro dia numa festa podia ganhar, mas meus amigos apostam mesmo em mim, essa candidata é muito bonita mas tem um furo no dente da frente.

— Um furo?

— Logo no dente da frente, ela ri e aparece aquele furo preto. Lógico que ela está vendo esse furo, não é nenhuma boba, mas tem dinheiro para o dentista? Conversei com o meu agente, a pobreza por aqui passou da conta, *darling*. Passou da conta, futuro brilhante só lá longe — acrescentou e ficou olhando pensativa os sapatos de índio. Fechou o copo nas mãos e animou-se. — Você acha que sua Tia Adelaide vai gostar de mim?

— Se ela gostar faz uma boina igual à minha e te manda nesse Natal.

Ela vergou para trás de tanto rir.

— Igual a essa? Mas eu vou adorar, você passa lá o Natal? A gente podia ir junto, eu levo as comidas, as bebidas, *okay*? Estou pensando que se você virar atriz vai ter que mudar de nome como eu fiz, meu nome de verdade é Maria Auxiliadora, inventei o Dolly e meu agente inventou o Dalton, gosto das iniciais nas roupas, DD. Sabe que já fui *girl* aí num teatro? Pena que meus seios são muito pequenos, estou passando neles essa Pasta Oriental, seios assim pequenos podem me prejudicar no concurso mas no cinematógrafo não tem importância e meu sonho é só esse, ser estrela, estrela! — repetiu e me segurou pela manga. — Mas o que é isso? Já está indo embora?

— Tenho que ir, Dolly, a aula, não posso faltar.

— Mas ainda nem viu seu quarto!

— Outro dia, agora tenho que ir correndo mas eu volto, prometo, eu volto.

Ela ficou de pé na minha frente, me examinando. E teve um daqueles seus gestos bruscos antes de anunciar uma nova ideia.

— Quer um chapéu? Vou te dar um chapéu, espera, tenho três caixas de chapéu da Madame Toscano, são lindinhos, leva um!

— Agora não, Dolly, quando eu voltar, prometo.

Ela aproximou-se. Pensei que fosse arrumar minha franja mas queria ajeitar minha boina. Puxou-a de lado e tanto que a pena de ganso quase tocou no meu ombro. Acertou a pena direcionando-a com firmeza para trás, como se em pleno movimento ela tivesse varado o crochê.

— Ficou outra coisa, está vendo? Estava parecendo uma touca de enfermeira — disse e riu abrindo os braços para me abraçar. A campainha do telefone começou a tocar debaixo da saia da boneca. Ela foi atender. — *Hi!* — disse e voltou-se para me acenar. — *Bye!*

Aqui estou no bonde Angélica que corre contra a noite e contra a tempestade que tomou outro rumo com suas botas de nuvens, vou escrever isso no meu diário, a tempestade usa botas. Olho em frente e vejo o motorneiro de costas com seu impermeável de chuva. O cobrador também vestiu a capa preta, cobriu o boné com um gorro e vem vindo pelo estribo, agarrado às traves e com a outra mão fechando com força as cortinas do carro, quer acabar logo a tarefa e se abrigar lá no fundo. Vou escorregando até ficar no meio do banco. Corrijo depressa a minha posição, eu estava arcada. Olho as luvas em cima dos cadernos, a mão esquerda cobrindo a direita, ali onde o sangue pingou. Já sei. Vou deixar essas luvas aqui no banco quando eu descer na próxima parada, todos os passageiros já desceram, estou sozinha, eu e Deus. O passageiro invisível desceu há pouco, escutou minha ida ao inferno, me provocou até que eu dissesse tudo mas ele mesmo não disse nada e nem precisava, quando vi ele já tinha descido e agora estou leve e respirando de novo sem o nó na garganta. Sem a ânsia. Falei tudo e agora sinto essa aragem que vem não sei de onde, me libertei! e estou voltando lá para a pensão, sei que vou encontrar Matilde que não saiu porque a besta do namorado não telefonou e vai querer saber o que aconteceu. Não aconteceu nada, eu digo. Fui à Alameda Glete, toquei a campainha, ninguém apareceu. A porta estava aberta, chamei pela Dolly mas ela devia estar dormindo e daí peguei meus cadernos na saleta e saí ligeiro, a chuva. Matilde vai dizer que foi bom eu não inventar de me mudar quase no fim do ano e vai contar a última novidade da revista, o Rodolfo Valentino trocou de amor, está apaixonado por uma mulher mais velha que se veste de preto e tem um passado misterioso. Vamos juntas tomar a sopa na sala, hoje deve ser sopa de ervilhas, boto bastante sal e fica uma delícia, que fome! descubro e respiro de boca aberta. E o motivo? O noivo da Matilde disse que três motivos podiam provocar um crime assim, ela esqueceu o terceiro mas não tem terceiro, o motivo é um só, a crueldade a crueldade a crueldade.

— A chuva brava ainda demora um pouco — disse o cobrador de bigode antes de baixar a cortina do meu banco.

— Vou ter tempo então de chegar antes dela — eu digo e puxo a sineta e levanto a cortina que ele acabou de baixar. Desço com o bonde ainda andando e corro até a calçada apertando contra o peito os meus cadernos.

— Moça, sua luva, esqueceu sua luva! — o cobrador me avisa aos gritos.

Agradeço quando ele me atira as luvas e me vem uma vontade de rir porque penso na Dolly que deve estar rindo de mim, não na Dolly esvaída mas na outra, na Dolly de olhar aceso e cabeleira cintilante que encontrei me esperando na porta. Vou andando e ouvindo o bonde que se afasta quase manso sobre os trilhos e me faz bem ouvir o som deslizante que me acompanha. Estou sem medo na rua deserta, já sei, sou tartaruga mas agora virei lebre indo firme até o bueiro onde deixo cair as luvas, *Bye!* A primeira gota de chuva caiu na minha boca. Vai, ataca! ela ordenou. Apresso o passo, estou chegando, depois da sopa eu telefono, Gervásio ainda está em casa, Vamos tomar um lanche amanhã? E se essa chuva engrossar e deformar esta boina eu peço à tia que me faça uma boina nova, as luvas e a boina com a pena vermelha, mas do mesmo vermelho do sol da deusa do vitral.

Você Não Acha que Esfriou?

Ela foi desprendendo a mão que ele segurava e virou-se para a parede. Uma parede completamente branca, nenhum quadro, nenhum furo, nada. Se houvesse ali ao menos um pequeno furo de prego por onde pudesse entrar e sumir. Lembrava-se agora do mínimo inseto a se enfiar aflito na frincha da argamassa de cal, forçando a entrada até desaparecer, estava fugindo. A evasão dos insetos é mais fácil, pensou e entrelaçou as mãos. O que você faz logo depois do amor? era a pergunta cretina que outros cretinos responderam num programa de televisão. Acendo um cigarro e fico olhando para o teto, disseram alguns em meio de risadinhas. Outros foram mais longe, Enfio a cueca e vou até a geladeira buscar uma latinha de cerveja. Ou uma asa de frango. Mais risadas. E o entrevistador não lembrou de perguntar como eles se comportariam numa situação mais delicada, aquela onde não aconteceu nada. Para onde então a gente deve olhar? Ela voltou-se para Armando recostado no espaldar da cama, os cotovelos apoiados nos travesseiros, fumando e ouvindo música com uma expressão do mais puro enlevo. Acho que não passo de uma romântica meio sebosa.

— Os românticos são sebosos.

— O que foi, querida? O som não está alto?

Ela cobriu o seio que se descobriu ao estender o braço.

— Eu disse que às vezes fico romântica e imagina se há lugar para romantismo nesta viragem do século. Viragem, viragem, ouço falar em virada mas viragem não é mais profundo? Me faz pensar em águas agitadas, redemoinho...

Com um tímido assobio, Armando tentou acompanhar a frase musical do disco. Desistiu quando deu com as próprias mãos ali em disponibilidade sobre o lençol. Inclinou-se depressa para pegar o copo de uísque que tinha deixado no chão.

— O que eu queria dizer, Kori — ele começou. Tomou um gole de uísque e pigarreou — Acho que me emocionei demais, compreende? Me habituei a um certo tipo de mulher que prefiro pagar, não, não são propriamente putas — acrescentou e a palavra *putas* foi quase sussurrada. — Enfim, fiquei emocionado e na emoção, compreende?

Kori ficou olhando a parede, Misericórdia! E ele ainda perguntava se ela estava compreendendo.

— Minha mãe fugia da realidade como o diabo da cruz e inventou que eu era uma moça muito especial. Você se atrapalhou, querido, mulheres especiais só atrapalham. Ou não? Ah, Armando, será que vai me dar explicações? Vamos, meu lindo, esqueça — pediu, franzindo a boca num esgar. E devia ainda ficar ali consolando muito sutil. E ainda por cima tinha que ser generosa.

— Algum compromisso, Kori? Você está meio tensa.

— Eu, tensa? Não, que ideia. Prometi levar o filhote ao jardim zoológico, ele quer ver os ursos mas tenho tempo.

— E depois?

Depois. Ele queria saber o que vinha depois. O tom era de um distraído sem maior interesse em ouvir a resposta mas ela sentia a ansiedade pulsando sob a pele dessa distração. O que *vocês* vão fazer hoje? — ele podia ter perguntado se fosse um homem simples. Se fosse mais simples ainda poderia dizer, Minha querida, me perdoe mas foi um equívoco, não era você que devia estar na cama comigo, erro de pessoa, compreende? Mas Armando estava longe de ser um homem simples: levar para a cama a mulher do amigo já não revelava uma certa complicação? E um amigo pelo qual ele estava apaixonado.

— Inacreditável.

— O quê, Kori?

— Tudo isso — ela disse e fez um gesto. — Essa desordem, essa loucura do mundo, até ETs aparecendo aos montes, você sabe, aqueles pequenos seres invasores. E parece que esses são malignos, mas o ET defuntinho que vi numa revista tinha a cara de um humano tão triste — acrescentou e tocou no ombro nu do homem. — Meu aniversário é amanhã mas Otávio inventou hoje uma ceia, a celebração na véspera.

— Trinta anos, Kori?

Com esta minha pele de papel de seda amarfanhado devo aparentar muito mais e ele falando em trinta anos, não era mesmo delicado? Fixou no homem o olhar comovido, o delicado Armando. Não cínico mas delicado. Acariciou-lhe o queixo. Meu pobre querido. Eu também sou uma pobre querida, todos queridíssimos e contudo. Fechou os olhos. E os olhos dos mortos, aqueles olhos que continuam vendo depois da morte? Mas esses mortos que nos amaram tanto não podem mesmo ajudar? Mãezinha era uma que já estaria por aqui em meu redor mas acho que eles não podem fazer nada. Ou fazem e a gente não percebe?

— Amanhã completo quarenta e cinco, tenho quatro anos menos do que Otávio, vocês não têm a mesma idade? Vai, querido, me dá agora um uísque com bastante gelo — pediu e apontou para o aparelho de som. — Como é bonito esse quarteto.

— Bach para mim é um deus.

— Eu sei.

Mas ignorei o principal, ela pensou e baixou a mão sobre o lençol. Total ignorância pelo menos até o momento em que ele abriu a porta e disse, Querida Kori, que alegria. E o abraço sem a menor alegria, podia ter disfarçado. Não disfarçou. Entra, minha querida. Se naquele exato instante ela inventasse um pretexto assim que sentiu a coisa no ar emitindo sinais, até sugestões. Diga que Otávio apareceu inesperadamente, a força dos inesperados e por isso não pode ficar. Ou diga que o seu filho está queimando de febre ou então que houve um vazamento de gás, isso é grave, gás! que a cozinheira aspirou e agora ela está no hospital, depressa, diga o que quiser mas vá embora! Tirou o casaco e ficou. Ficou como se precisasse mesmo se certificar, como se tivesse que ver Armando fazer aquele gesto, levantar o disco, um pequeno gesto igual ao do padre Severino levantando a hóstia. No êxtase, a revelação. Então é isso, ficou repetindo lá por dentro enquanto Armando ia mexendo nos discos e perguntando o que ela gostaria de ouvir agora, quem sabe uma ópera? Ela estranhou a própria voz em falsete, falava em falsete quando ficava postiça, Ótimo, Armando, a *Carmen*. Ele voltou sem pressa no seu andar elástico, a voz grave, impostada. Pronto, querida, a Maria Callas, disse e beijou-a de leve no pescoço, na orelha, mas evitando a boca. Ela chegou a ter um leve desfalecimento, mas o que eu estou fazendo aqui?! Tarde demais para sair correndo, Um imprevisto! Sentiu-se no palco quando começaram as carícias no sofá e sem o menor fervor, mas podia haver fervor? As almofadas que ele teve o cuidado de ajeitar para deixá-la mais confortável, a penumbra atenuando o constrangimento. Que papel miserável, miserável, miserável. E pediu mais uísque. Com a consciência do sorriso alvar que esboçou, ainda quis ajudá-lo, ele tentava agora desabotoar-lhe o sutiã mas se atrapalhou no colchete e na impaciência, a quase irritação, Que difícil, Kori! Propositadamente ela reteve as alças nas pontas dos dedos, retardava o instante de mostrar os seios que lembravam dois ovos fritos. Frios. Ele enervou-se.

Ela então soltou as alças. Misericórdia! E virou a cara quando ele beijou-lhe os bicos bem de leve, parecia mais interessado em ver esses seios do que beijá-los. Pensou no filme da véspera, *Indiana Jones*, tantas ciladas. E caíra numa cilada ainda maior, habilmente armada para satisfazer a curiosidade desse amante, amante? que queria apenas vê-la de perto na plenitude das sardas e dos ossos. Encolheu-se. Espera, querido, meu brinco caiu, espera! ela conseguiu dizer e inclinou-se para procurar o brinco entre as almofadas. Queixando-se do som, não estava muito alto? ele levantou-se e propôs: e se a gente tirar a ópera e botar Mozart? Ela concordou, Sim, Mozart! Vestiu depressa a blusa para cobrir os seios enquanto ele repetia o gesto do padre Severino, só o gesto, não precisava mais nada. Os olhos do padre da cor da batina e a boca úmida como um talho aberto na cara macerada, *Sois cristão? Sim, sou cristão pela graça de Deus.* As longas aulas de catecismo na igreja com vasos de opalina e imagens sofredoras nos altares, padre Severino também sofredor, curvado para o menino de olhos enviesados, Você pecou por pensamentos, palavras ou obras? O menino desviava para o chão o olhar estreito e não falava, só olhava. O padre insistindo já meio ofegante, Anda, vem comigo conversar na sacristia. Fechava a porta.

— Está dormindo, Kori? Ficou aí tão quietinha.

— Dormindo? Não, que ideia. Fechei os olhos para ouvir melhor. Então me lembrei de um padre da minha infância, ele tocava esse Mozart no órgão da igreja. O que o senhor está tocando? eu perguntei um dia e ele disse, Mozart. E mandou que eu repetisse até guardar, Mozart, Mozart.

— Ele era bom para você?

Era melhor para os meninos, ela pensou e colheu na língua a pedra de gelo reduzida a uma lâmina. Triturou-a nos dentes.

— Acho que sim, não sei. Sei que um dia ele desapareceu da cidade, houve alguma coisa lá na igreja e ele desapareceu. Veio no lugar o padre Pitombo, que era velho. Mas foi com o outro que aprendi que não se pode olhar a hóstia porque Deus está nela. Eu fingia que não olhava, abaixava a cabeça, mas assim que se distraíam, olhava depressa, queria ver se Deus estava mesmo lá dentro.

— E estava?

— Não sei — ela respondeu e demorou o olhar no homem. E Otávio? Sabia desse amor? Evidente que sim mas deixava-se amar, era vaidoso demais. E meio cínico. Gostava mesmo de mulher mas se divertia, Cada qual com a sua diversão, diria a avó inglesa dedilhando a harpa. — Minha avó sabia tocar harpa. Era tão bonita!

— A sua avó?

— Não querido, a harpa. Minha avó era feia, todas as mulheres da minha família são feias.

Feias e ricas. Mas sem perder as ilusões, isso é que não, perder as ilusões, jamais. Até eu, este cocô de mulher, me apaixonar perdidamente por esta beleza de homem e ainda esperando que ele, apaixonado pelo outro, compreende? Um caso especial, diria a mãe. Especialíssimo. E se eu fosse um homem? Ele ia se apaixonar por mim? Não ia não, em homem eu seria o mesmo desastre e Armando era um esteta. Será que ele gostaria de ouvir notícias sobre Otávio? Pois vou lhe dar ao menos esse prazer, pensou e teve vontade de rir.

— Sê afável, mas não vulgar — murmurou ao aconchegar o lençol em dobras de gargantilha até o pescoço. — É uma citação, Armando.

Ele inclinou-se bem-humorado sobre a mulher que se esquivou.

— Faz uma citação importante, desconfio que é importante, e depois fica aí se escondendo.

— Não estou me escondendo, Armando, estou com frio. Você não acha que esfriou?

— Vou buscar uma coberta.

Ela o reteve pelo pulso.

— Não é preciso, querido, tomo mais este gole e já me levanto — avisou e sacudiu o copo até que os cubos de gelo se acomodassem no fundo. Fechou a cara, mas era justo? Ser usada como ponte para que ele chegasse até o outro, ponte? Nem isso. Quis apenas ver nos detalhes a mulher com a qual esse outro tivera seus orgasmos. Poucos, é certo. Mas no acaso deles não chegaram a fazer um filho? A débil criança de sangue aguado que o pai recebera com aquele ar aborrecido com que recebia uma construção que não deu certo, era arquiteto. Nenhuma inspiração, diria a avó da harpa. Apontou a sala. — O telefone está tocando, Armando! Não vai atender?

Ele levantou-se devagar. Sentia-se observado e se exibia até nesse mínimo movimento de vestir o chambre que estava na poltrona. Acompanhou-o com o olhar. Ele fechara as cortinas deixando apenas uma luminária embaçada num canto, todas as providências para que não ficasse muito exposto o patinho feio enquanto o cisne merecia toda a luz do mundo. Era um cisne curioso mas delicado, e teria ainda que agradecer tanta delicadeza? Até quando? Em latim ficava melhor, mas esqueceu como era em latim. Mas se lembrava — e quanto! — de outras coisas, por exemplo, daquela véspera do casamento. A banheira cheia até às bordas, ela mergulhada até às orelhas e ouvindo pela porta entreaberta a mãe falando, falando, Minha Kori vai dar uma noiva tão especial! Especial, ela repetiu, chegando a boca até a superfície da água, aspirando o vapor enquanto olhava para os seus pequenos seios recolhidos, murchos. O sexo de uma menina desvalida, os pelos escassos bordejando a fenda entre as pernas finas como fios de macarrão meio entortados, amolecidos na água morna. Sentou-se num susto na banheira, cruzou os braços, Mamãe! Vem depressa, mamãe, depressa! chamou aos gritos. A mulher veio correndo e ficou um instante olhando da porta, paralisada no susto. Puxou-a para fora da banheira com a antiga energia com que socorria o bebê roxo de frio no meio do banho, Que é isso Kori? Que choro é esse, filhinha, aconteceu alguma coisa? Embrulhou-a na toalha. Caiu sua pressão, Kori, é a pressão? Estava em pânico e ao mesmo tempo indignada, O que aconteceu, filha? Alguém a feriu? ficou perguntando enquanto começou a massagear-lhe o peito com álcool canforado exatamente como fazia para animar a criança anêmica. Kori esfregou a cara na toalha para enxugar as lágrimas e o ranho, Ah! mamãe, então eu não sei? Otávio não me ama nem pode me amar, ele é tão ambicioso, quer fazer sucesso, quer fazer filhos e olha só para isto, olha! pediu abrindo as pernas e apontando a pequena fenda descorada. Está vendo? Por aqui não passa nem um ovo quanto mais uma cabeça!

— Pois passou — ela disse e encarou Armando que voltava. — Tudo bem querido? — perguntou, e antes de ouvir a resposta atirou o lençol para o lado, fez um desafiante movimento de ombros e levantou-se nua. — O seu banheiro é ali? Queria tomar uma ducha.

Ele ficou parado, olhando a mulher que se descobriu e agora atravessava o quarto com tamanha soberba, uma expressão divertida nos olhos bem abertos, Ah, é? parecia perguntar quando passou junto dele.

— A torneira quente corresponde à água quente, querido? Porque lá em casa, até hoje as torneiras da ducha estão trocadas.

— Trocadas? — ele repetiu e apertou com força o cinto do chambre. Ainda não se recuperara do susto. Seguiu-a até o banheiro, o olhar baixo, interrogativo. Abriu o armário branco. — Aqui estão as toalhas, Kori. E os sabonetes, olha aí, várias cores e vários perfumes, queria que ficasse à vontade.

— Mas eu estou à vontade — ela disse e teve um olhar complacente para a própria nudez refletida no espelho. Desviou o olhar para o homem. — Seu banheiro, Armando. Tanta luz, tanta claridade, é terrível.

— Terrível? Espera...

— Não, por favor, não apague nada, deixa assim. Um banheiro glorioso. Feliz. Olha quantas lavandas você tem!

— Na próxima vez encontrará a sua marca, compreende?

— E como sabe a marca da minha lavanda?

— Mas não é a mesma do Otávio? — ele disse e ficou subitamente corado. Disfarçou, mostrou-lhe os chinelos, os chinelos!

Ela calçou os chinelos grandes demais e se pôs na frente do homem. Aspirou o perfume do sabonete verde que apertava entre as mãos. Baixou para o sabonete o olhar úmido, que coisa mais bela era o amor.

— Bem, ao banho, que ainda tenho os ursos e a ceia, um programa forte.

Ele animou-se de repente. Tomou-a pelos ombros e contou que na véspera tinha comprado uma caixa de vinho da melhor qualidade, será que podia colaborar?

— Na ceia, Kori. Se é que estou mesmo convidado, não quero atrapalhar, compreende?

— Está intimado, querido! Mas leve só uma garrafa, nossa adega está cheia demais, só uma garrafa. Apareça por volta das dez, que bom, vai ajudar a aliviar o clima. Nesta semana o clima ficou pesado.

— Pesado?

Ela beijou de leve o peito nu do homem e sobre ele fechou a gola do chambre.

— Acho que agora podemos falar francamente. Ou não? Você sabe, o nosso casamento foi de pura conveniência, eu me apaixonei perdidamente. Perdidamente. E o amado Otávio queria apenas fazer um bom negócio e fez, você sabe bem, com o tempo as coisas foram entrando em seus lugares, se a querida mãezinha fosse viva ela diria que esse casamento foi muito especial, ele precisava de dinheiro. Eu precisava de amor. Ele tem todo o dinheiro que quis ter, paguei caro, concordo, mas a gente não tem mesmo que pagar pelas emoções? Que não duraram muito, desde o nascimento do Júnior não temos mais as chamadas relações sexuais. Resolvemos assim, tranquilamente. E se o clima tem pesado um pouco é porque tem aí uma novidade...

Ele a olhava através do espelho com uma expressão voraz.

— Uma novidade? Que novidade?

— Ele tem uma amante, querido. Otávio tem uma amante e ela está grávida.

Agora era ela que o olhava pelo espelho. No quarto, o concerto de cordas parecia chegar ao fim, mais altos os violinos na apoteose.

— Uma amante? Eu conheço?

— Não querido, você não conhece, ela não é do nosso grupo, uma mocinha bonita, mas simples, secretária, aquela história. E ele está apaixonado.

— É extraordinário, Kori, nunca pensei. É extraordinário — ele repetiu e de repente ficou lívido. — E está grávida?

— Grávida. Mas não se preocupe, querido, vamos passar por essa crise sem a menor mudança, fica calmo, vamos continuar igual. Otávio, você sabe, gosta de dinheiro e eu gosto da companhia dele, a gente se entende. Ninguém está enganando ninguém e isso é importante, é um jogo silencioso. Mas limpo. Acho que nossa ceia vai ser ótima! E tire esse concerto que está muito triste, bota de novo uma ópera, quero a Maria Callas aos berros!

Ele saiu num andar vacilante. Assim de costas, com o chambre largo e um tanto curvo, ele pareceu ter envelhecido de repente. Ela afastou-se do espelho e abriu as torneiras. Lançou ainda um olhar até o quarto onde ele estava andando assim meio cambaleante em torno do aparelho de som.

— Mas que ducha deliciosa! — ela disse e levantou os braços. Abriu a boca e riu meio engasgada, tossindo em meio do riso. — Uma delícia! — repetiu e recomeçou a rir porque podia imaginá-lo encegado de desespero, não conseguindo achar o disco. Apressou-o. — Quero a *Carmen*! E ficou séria, vendo a água de mistura com a própria voz escorrer estilhaçada até desaparecer no ralo.

O Crachá nos Dentes

Começo por me identificar, eu sou um cachorro. Que não vai responder a nenhuma pergunta, mesmo porque não sei as respostas, sou um cachorro e basta. Tantas raças vieram desaguar em mim como os afluentes de pequenos rios se perdendo e se encontrando no tempo e no acaso, mas qual dessas raças acabou por vigorar na soma, isso eu não sei dizer. Melhor assim. Fico na superfície sem indagar da raiz, agora não. Aqui onde estou posso passar quase despercebido em meio de outros que também levam os crachás dependurados no pescoço como os rótulos das garrafas de uísque. Que ninguém lê com atenção, estão todos muito ocupados para se interessar de verdade por um próximo que é único e múltiplo apesar da identidade. Às vezes, fico raivoso, meu pelo se eriça e cerro os maxilares rolando e ganindo, quero fugir, morder. Mas as fases de cachorro louco passam logo. Então, componho o peito, conforme ouvi o treinador dizer, não sei em que consiste isso de compor o peito, não sei, mas é o que faço quando desconfio que não estou agradando: componho o peito e volto à normalidade de um cachorro manso. Doce.

O dono do circo, um hábil treinador de roupa vermelha com botões dourados, acabou por me ensinar muitas coisas, tais como falar no telefone, fazer piruetas e dançar. Quando resisto, ele vem queimar as minhas patas dianteiras com a ponta de um cigarro aceso, percebe de longe que estou vacilando na posição vertical e vem correndo e chiiii... — queima as patas transgressoras até fazer aqueles furos. Então me levanto depressa e saio dançando com meu saiote de tule azul. Mas fui humano quando me apaixonei e virei um mutante que durou enquanto durou a paixão. Abrasadora. E breve. Escondi os pequenos objetos reveladores e que não eram muitos, a coleira, o osso e o saiote das noites de gala. Olhei de frente para o sol. Devo lembrar que eu varava feito uma seta salivando de medo os grandes arcos de fogo e eis que o medo desapareceu completamente quando me descobri em liberdade, todo o fogo vinha apenas aqui de dentro, do meu coração. Fiquei flamejante. Penso agora que flamejei demais e o meu amor que parecia feliz acabou se assustando, era um amor frágil, assustadiço. Tentei disfarçar tamanha intensidade, o medo de ter medo. Vem comigo! eu queria gritar e apenas sussurrava. Passei a falar baixinho, escolhendo as palavras, os gestos e ainda assim o amor começou a se afastar. Delicadamente, é certo, mas foi se afastando enquanto crescia o meu desejo numa verdadeira descida aos infernos. É que estou amando por toda uma vida! eu podia ter dito. Mas me segurei, ah, o cuidado com que montava nesse corpo que se fechava, ficou uma concha. Não me abandone! cheguei a implorar aos gritos no nosso último encontro. Desatei a escrever-lhe cartas tão ardentes, bilhetes, repeti o mesmo texto em vários telegramas: Imenso Inextinguível Amor Ponto de Exclamação.

Era noite quando fiquei só. Tranquei-me no quarto e olhei a lua cheia com sua face de pedra esclerosada. As estrelas. Abracei com tanta força a mim mesmo e comecei a procurar, onde? Fui até à larga cama branca, ali nos juntamos tantas vezes, tanto fervor e agora aquele frio, fucei o travesseiro, as cobertas, onde? Onde. A busca desesperada continuou no sonho, sonhei que escavava a terra. Acordei exausto e enlameado, aos uivos. Nem precisei ir ao espelho para saber que tinha virado de novo um cachorro. Amanhecia. Tomei o crachá nos dentes e voltei ao circo. O treinador me examinou mais atentamente e fez uma observação bem-humorada, que eu estava ficando velho. De resto, tudo correu sem novidade, como se não tivesse havido nenhuma interrupção. Dei valor aos meus dedos só depois que os perdi, podiam me servir agora para catar pulgas. Ou para coçar lá dentro do ouvido ou limpar o ranho do focinho quando estou resfriado. Com aqueles dedos toquei flauta mas não me masturbei, nunca me masturbei enquanto fui um ser humano, não é estranho isso? Há ainda outras estranhezas, não importa. Aprendi também a rezar. Gosto muito de ouvir música e de ficar olhando as nuvens. Mas sou um cachorro e quando alguém duvida, mostro as palmas das minhas patas queimadas.

Boa Noite, Maria

— Pode deixar — ele disse e inclinou-se para pegar as malas. Antes, olhou em redor à procura de algum carrinho disponível ali no vestíbulo do aeroporto. Teve um gesto delicado mas firme para afastar a mulher que segurava o carrinho com a roda entortada. Eu levo, pode deixar. E lá se foi com as malas. Ela abandonou o carrinho quebrado e seguiu o desconhecido alto e magro, de cabelos claros e ombros largos. Vestia um paletó de boa qualidade mas puído e as calças de flanela-chumbo pareciam tão desgastadas que se poderia dizer, sem engano, que essa foi uma bela roupa mas há muito tempo. A mulher reparou ainda nos sapatões de sola grossa desse homem que carregava as malas com tal desenvoltura que era de supor que ambas estivessem vazias. Um vira-mundo europeu, ela concluiu assim que a porta do saguão do aeroporto abriu para ambos. Teria cinquenta anos, no máximo. Ou nem isso, ela calculou ao ver de perto a face ampla, quase sem rugas. Os cabelos cor de palha pareciam ralos mas os olhos verdes tinham um brilho intenso, eram verdes ou azuis? Ele deixou as malas na calçada, próximas da longa fila de carros, e pela primeira vez a encarou. Instintivamente a mulher encolheu-se, esquivava-se das avaliações desde que completou sessenta anos. Mas agora estou com sessenta e cinco, ela pensou e relaxou a posição na defensiva. Se era bonita? Ainda bonita, como não? foi o que quis passar com bom humor para o inglês, inglês ou alemão? Adiantou-se para fazer a pergunta que ele atalhou, A senhora quer um táxi?

— Avisei meu motorista que chegaria nesse avião mas ele não está por aqui.

— Qual é a marca do carro?

— É um Mercedes preto, duas portas.

O homem alongou o olhar pesquisador que abrangeu toda a área. Voltou-se para a mulher de traços finos sob a leve maquiagem. Os suaves olhos castanhos tinham uma expressão interrogativa, ela não parecia estar procurando o carro mas alguma outra coisa. Vestia-se com elegância discreta, sem chamar a menor atenção. Alisou com a mão os cabelos cortados curtos, o vento soprava agora com mais força.

— Não vejo nenhum Mercedes — ele disse e tirou do bolso o cachimbo. Fechou o cachimbo na mão.

— Então vou precisar de táxi — ela avisou, baixando o olhar. — E a sua bagagem? O senhor não estava lá na esteira esperando a bagagem?

O homem encolheu os ombros afetando um certo desalento, a única mala que trouxera tinha desaparecido. Já tomara todas as providências, o funcionário até que se mostrara interessado mas o fato é que a mala devia estar seguindo neste exato momento para o Recife. Para o Recife? ela espantou-se e riu. Ele também achou graça, enfim, podia ter acontecido coisa pior, não? Com um lento movimento de cabeça ela concordou, sem dúvida. E examinou-o mais atentamente. O estrangeiro tinha uma aura positiva que podia vir dos olhos ou da pele, como localizar uma aura? Contudo, quase palpável. Parece um anjo, ela pensou. Não o anjo açucarado das estampas antigas, mas um anjo severo, capaz de empunhar uma espada. Flamejante, acrescentou e teve vontade de rir, Outra vez devaneando? Ele agora ajudava o chofer a abrir o porta-malas do táxi. Mas não é este amigo que eu procurava? ela pensou e foi tomada por um pressentimento. Parou estarrecida. Encontrei! respondeu a si mesma, mas com tanta ênfase que ele chegou a ouvir.

— O cigarro. Pensei que esqueci no avião — ela disse mostrando o maço que tirou da bolsa.

— Esse avião já ficou com minha mala, chega. O mar é que tem esse costume de ficar com as coisas da gente. — E contou que quando mocinho foi marinheiro e numa semana o mar ficara com seu cachimbo, com uma Bíblia e ainda com as suas poesias, deixara a papelada no convés do navio com um rolo de cordas em cima mas o vento afastou o rolo e o mar engoliu tudo.

— Você é poeta?

— Não. Mas nessa tenra idade a gente sempre escreve — desculpou-se meio encabulado, tirando do bolso o boné xadrez.

Ela aproximou-se do desconhecido, ele teria dito *tenra idade*? Segurou-o pelo braço que já se estendia na despedida.

— Espera! — E ao ouvir a própria voz ansiosa, ela fez uma pausa para se controlar. — Espera — repetiu em voz baixa e avançou a face desanuviada. — Por que não vem comigo nesse táxi? Posso deixá-lo onde quiser, vamos?

O homem pareceu hesitante, sem saber o que fazer com o cachimbo e o boné que ainda segurava. Enfiou-o no bolso e entrelaçou as grandes mãos queimadas de sol. Sem aliança, ela notou esse detalhe.

— Vim ao Rio por poucos dias mas o hotel onde costumo ficar está lotado. Ia me informar com a moça do balcão e veio o caso da mala, por enquanto estou sem rumo.

— Seu nome?

— Julius Fuller, minha senhora.

— Então entra, Julius, entra depressa que o chofer já está impaciente, depois a gente conversa. Por favor, você primeiro. Na minha idade devo entrar por último, fica mais fácil.

Assim que se acomodaram no banco, ela colocou entre ambos a pequena valise que trazia, não fosse esse Julius Fuller pensar que estava querendo seduzi-lo, ai! as mulheres tão cheias de ardis e os homens tão desconfiados. Deu o endereço ao chofer. Quando voltou a falar foi para dizer que morava na cobertura de um tríplex no Leblon, ele poderia ficar na suíte reservada aos hóspedes no andar logo abaixo da cobertura. A criadagem do andar que vinha em seguida ia ficar satisfeita em poder se ocupar, afinal, com mais alguém. O edifício era alto e a vista belíssima com janelas dando para o mar, ele ficaria instalado sem problemas nessa suíte ideal para receber hóspedes sem bagagem.

— Mas a senhora não me conhece.

— Tenho as minhas intuições.

Discretamente ele apalpou os bolsos, o paletó tinha vários bolsos.

— Se quiser ver meus documentos...

— Não duvido — ela o atalhou enquanto brandamente afastava a cédula de identidade que ele oferecia. Pediu-lhe que fechasse o vidro, tanto barulho, as buzinas. E disse que tinha um nome real, Maria Leonor de Bragança, mas sua origem era burguesa. Não mencionou o óbvio, era muito rica, uma rica mulher de negócios. E completamente enjoada dos negócios — dava para entender isso?

O céu crepuscular era de um azul desbotado com algumas pequenas nuvens, a noite estava chegando sem pressa. O carro seguia um fluxo mais solto quando ele respondeu à pergunta que ela fizera lá atrás, não era nem inglês nem alemão mas finlandês. De pai finlandês e mãe brasileira, viera ainda menino para o Brasil, tinha nacionalidade dupla.

— E é bom ter nacionalidade dupla?

— Nas viagens — ele começou e esperou que o táxi completasse uma curva perigosa. Cruzou então os braços como se evitasse ocupar um espaço maior e ficou calado, olhando em frente. Agora podia vê-lo de perfil, o queixo enérgico, a boca contraída. E o olhar concentrado num alvo lá adiante, atento como um arqueiro pronto para desferir a seta. Ele sabe o que quer, ela pensou e fez a pergunta a si mesma: E eu?

— Veio a negócios, Julius?

— Vender uma pequena propriedade que meu pai deixou, ele morreu faz um mês. Moro em São Paulo.

— Nasci em São Paulo — ela disse. — Mas estou aqui desde o meu primeiro casamento, foi há tanto tempo. Acabei ficando sozinha, acho que estou só. É filho único, Julius?

— Tenho um meio-irmão que mora na Grécia com uma família tão grande. Um dia eu ainda chego lá.

— O que você faz?

— Sou físico mas teórico, acho que não tenho a vocação. Já fui tanta coisa, professor, publicitário. Trabalhei numa galeria de arte e fundei uma agência de turismo. Em seguida, fui fotógrafo.

— E foi marinheiro.

— Marinheiro. Gosto muito do mar.

Ela apoiou o braço na valise. Então vai ter o mar e eu vou ter um amigo, direi que é secretário mas na realidade é aquele com quem vou dividir este silêncio, ah! um amigo delicado para ajudá-la não só nas tarefas mesquinhas mas a suportar o peso da solidão — era pedir muito? Tinha tantos amigos, na maioria bajuladores somados à massa de advogados e criados, até que a máquina da servidão funcionava a todo vapor mas de repente não falhava? Onde o motorista que devia apanhá-la no aeroporto? Voltou-se de novo para ver o homem ali ao lado no banco. Na penumbra que baixava, não parecia mais o anjo fulgurante nem o arqueiro obstinado mas tinha o perfil de um homem comum com a sua perplexidade e — quem sabe? — com a sua fraqueza. Logo ele iria entender que essa mulher ostentando uma circunstância de poder queria depressa se desvencilhar desse poder para ser livre. Limpar a mente e a agenda tão congestionada como aquele trânsito em redor — ele podia entender isso? Que não imaginasse que se tratava de uma doidona sonhando com um marido ou um amante, Oh! Senhor, chega de cama, amante não. Tanto cansaço, um cansaço que vinha de longe, tanta preguiça. Ter que entrar novamente na humilhante engrenagem do rejuvenescimento, que mão de obra. Era alto demais o preço para escamotear a velhice, neutralizar essa velhice — até quando? Por favor, quero apenas assumir a minha idade, posso? Simplesmente depor as armas, coisa linda de se dizer. E fazer. O tempo venceu, acabou. Até que chegou a reagir, recorreu a uma plástica, coisa leve, tinha quarenta anos e um amante vaidoso, Mas querida, você precisa de uma refrescada! A expressão estava na moda, refrescada. Obedeceu. Mas depois desse Augusto veio o Horácio. Ou foi o Rafael? E as insinuações recomeçando, não estaria na hora de apagar o vinco da boca? esse vinco que dava à fisionomia uma expressão melancólica de asceta. Agitou-se no banco num movimento de indignação, Mas será que só atraio homens fúteis? Fechou no peito a gola do blazer e alongou para fora o olhar fatigado.

— Um acidente, Julius?

— Creio que sim mas acho que não é grave, já estamos saindo.

Ela baixou o olhar para as próprias mãos. Um milagre, pensou. Nenhuma sarda ou mancha nessas mãos pedregosas de uma mulher madura. Sem escapismo, velha. Mas limpa. Assim mesmo como estava até que podia entrar na meia-luz de um tango, achava tanta graça no clima nebuloso dos tangos fatais, fado e tango, tudo tristíssimo e divertidíssimo com aqueles homens de olhar lustroso, o impreciso e o incerto em meio dos longos vestidos desfocados. Tivesse uma outra vida e dançaria todos os tangos que nunca dançou com aqueles sapatos de fivela e o bico tão fino, as leves echarpes rastejantes — qual era o nome da artista que se enforcou na própria?

Não foi com quarenta mas com quase cinquenta anos que fez essa plástica, tempo do André? Conheceu nessa época aquele tipo de nome árabe, Oh! Senhor, e esse esquecimento acompanhado das agulhadas, o que significava isso? Leu o livro contando a vida trágica da bailarina da echarpe — e esse nome? Repetia as coisas porque não confiava na memória das pessoas ou porque não confiava em si mesma? O amigo poderia então alertar, Minha querida, você já disse isso. Um alerta em voz baixa, que ninguém mais ouvisse. Mas não era nesse ritmo manso que começavam aquelas doenças terríveis lá na zona nobre do corpo? Bonito de dizer, zona nobre. A central elétrica dos piores horrores, tinha tanto médico em redor, uma equipe. Encostou a cabeça no vidro da janela e olhou com certo interesse a jovem que guiava um jipe apenas com a mão esquerda, com a direita segurava um telefone celular. Mas agora não quero um médico, quero um amigo, pensou e voltou o olhar desamparado para o homem ao lado. Ele pousara as mãos nos joelhos, mas quem tinha essas grandes mãos de estátua, o pai? Sabiam lidar com cordas no fazer e desfazer os nós, um marinheiro que defende um navio pode defender uma mulher. E eu estou só numa cidade terrível dentro de um planeta mais terrível ainda. Pagaria em ouro a esse amigo, mas quanto vale um amigo? Um amigo não tem preço e ainda assim pagaria para que ele fosse apenas bom, mas ainda era possível a bondade? Cerrou os olhos subitamente invadida por uma vaga de calma. Um amigo que chegasse com a noite para conversar ou ficar calado, a presença é que importava. Ele abriria a garrafa de vinho, a adega repleta do melhor vinho.

— Você gosta de música, Julius?

— Muito. Meu pai era o violinista de uma orquestra.

Maria Leonor pensou no próprio pai que se dedicou a outras notas, era banqueiro. Dele herdou o dom de descobrir a aura das pessoas e dos bichos. Mas não era mesmo extraordinário? Isso tudo, por que esse estranho lhe reavivava as lembranças da infância? As férias na chácara, a lareira acesa e o pai lendo em voz alta as *Aventuras de Sindbad, o*

Marinheiro. A mãe na sua poltrona de cretone azul diante da pequena mesa, o baralho deslizante, gostava de jogar paciência. Esse tempo vinha assim protegido como se estivesse dentro de uma redoma de vidro, como era possível? Tudo o mais fora quebrado e varrido na tempestade, os vagalhões subiam tão alto e desabavam com tanta fúria, Ah! Senhor, mas o que está acontecendo comigo?

Quando o táxi brecou com violência ele a segurou para que não se chocasse no banco dianteiro. Ela apertou-lhe a mão.

— Reação rápida, Julius! Você tinha uma Bíblia que o mar roubou, acredita em Deus?

— Não. Eu lia a Bíblia como se lê um livro de histórias.

Antes mesmo que ele respondesse ela já sabia que ia ouvir mais ou menos isso. Esteve a ponto de confessar, tenho paixão por Deus. Ficou calada. Fosse maior essa fé e já teria procurado um convento. O espanto em redor, pois que se espantassem! Nesta idade avançada ou no verdor de uma Santa Teresinha, a devoção não poderia ser igual? Nesse verdor conheceu a aventura dos acampamentos, tanta alegria das meninas, as Bandeirantes. O fervor místico nos exercícios, as grandes descobertas. A disciplina. Mas quando anoitecia, se o céu estava estrelado acendiam a fogueira e cantavam pela noite adentro, Lalá com o violão:

No alto da montanha
havia um lindo chalé!...

— No alto da montanha — ela repetiu. Seus olhos se turvaram de lágrimas. Voltou-se para o homem, não, não lhe pediria que subisse tão alto mas se ao menos pudesse acompanhá-la até o fim. Tirou da bolsa o lenço de papel e enxugou os olhos. Um cisco, disse. Abriu as mãos, mas iam entrar num túnel? Ah, senhor, por que esse túnel?

— Não estou ouvindo nada — disse Julius Fuller. — A senhora disse alguma coisa?

Brandamente ela levantou a mão e negou, estava apenas devaneando um pouco, ideias descabeladas, nada importante. Ficou séria. Dentro do túnel o melhor ainda era não falar nem se mover mas seguir em frente e cumprir a destinação da qual não se pode fugir. E fugir para onde? O destino é um túnel, ela quis dizer e as buzinas. Num túnel igual começou aquela odiosa conversa com seu advogado quando ele falou em contratar um acompanhante. Ela se queixava da solidão, da falta que fazia um amigo para acompanhá-la a um cinema, a um bar. E o cretino lá do alto da sua sabedoria de jurista fazendo a sugestão nefanda, não estaria na hora de pensar num acompanhante? Ficou muda. Na fúria da ira contemplativa ela virava uma pedra de imobilidade e impotência, mas ele sugeria um acompanhante? O túnel e o doutor Jonas com a sua sugestão. Quando conseguiu falar, lembrou-lhe que tinha sessenta e cinco anos, o que era muito. Mas a cabeça e as pernas, não estava tudo funcionando direitinho? Será que chegara a hora de contratar alguém que viesse dar-lhe o braço e com aquela cara de piedade a levasse para tomar um pouco de sol no jardim? Quis explodir num palavrão e se conteve com a aliviante alegria de não canalizar a exaltação para uma palavra vulgar, que a velhice já era a própria vulgaridade com seu rápido-lento processo de decomposição. Mas esse doutor Jonas que nem era assim tão jovem não podia entender que ela precisava de um amigo? Não uma amiga, tinha tantas, mas queria a companhia de um homem que fosse seu ajudador quando desfalecesse, como aconselhava a própria Bíblia. Ele teria que morar na suíte do andar logo abaixo e subir a branca escada de caracol naquela hora difícil em que a noite baixava trazendo para dentro o hálito salgado do mar. Então ele chegaria pisando manso, era um homem grande mas pisava manso, Boa noite, Maria. O vinho tinto. A música. A conversa fluindo ou o silêncio. E essa arrogância das pessoas proclamando o quanto a solidão era rica. Tudo mentira. Mentira também daquele poeta que dizia se iluminar quando ficava só — mentira! O poeta era um mentiroso porque passara a vida dependurado em mulheres, em amigos, escrevia triste mas até que se divertiu à beça, como se chamava esse poeta? A solidão era um horror mesmo para quem guardava a memória de uma infância feliz. E tivera uma infância feliz, filha única. Nenhum sofrimento, nenhum trauma. Nascera num berço de ouro, como se dizia antigamente. Os casarões em meio dos vastos gramados, a mãe elegante e meiga, o pai afetuoso e sábio. Tantos amigos. Tantos amores. Tinham sumido todos. Sem saber bem como, a verdade é que estava só e precisando apenas de alguém que a ajudasse a viver. E a morrer quando chegasse a hora de morrer. Uma morte sem humilhação e sem dor. A morte respeitosa — mas era pedir muito? Precisava de um amigo e não de um assassino, ela concluiu e achou graça. Baixou a cabeça. Tamanho horror pelas doenças aviltantes que deixam a boca torta e o olho vidrado. E a fralda, Ah! Senhor, a fralda não! O amigo tem que amar esse próximo como a si mesmo, se ainda é possível o amor. Permitir que esse próximo amado fique indefinidamente num estado miserável não é cruel? E a compaixão? Seria um simples gesto de compaixão, a morte por compaixão. Vida vegetativa? Mas que vida vegetativa se os vegetais viviam e morriam limpos, sem a baba, sem os cheiros. Os asseados vegetais adoecendo e morrendo na soberba e discreta morte inaparente. Julius Fuller era materialista e devia entender essa coisa tão simples, a amiga não tinha medo da velhice mas daquele caudal de doenças degradantes que acompanham essa velhice, doenças que nem dão ao doente o simples direito de se matar. E se matar de que jeito se os braços estão paralisados e a mente é uma lâmpada que se apagou.

— Que comprido este túnel!

Ele inclinou-se.

— Conheço outros mais compridos ainda.

Maria Leonor escondeu no regaço as mãos frias. E eu, que não tenho herdeiros empenhados em encurtar minha vida, e eu? Todos sabiam do seu testamento, a fortuna ia inteira para instituições de caridade e asilos e hospitais — as Vagas Estrelas da Ursa. E eu então? Mas algum dia vão permitir que eu morra? Seria amarrada à cadeira de rodas com a eficiente equipe médica fazendo essa cadeira rodar pelas clínicas do mundo, até quando? Julius Fuller, que não era inocente, perguntaria então por que motivo ela temia tanto a doença degradante, por acaso já tivera algum sintoma? Algum sinal? Sim e não, ela responderia reticente, gostava das reticências. E a intuição? E essa desconfiança de que alguma coisa lá dentro vai se romper e transbordar? Somados os antecedentes com os presságios, acabaria exposta. Sem defesa. Julius Fuller não entregaria assim os pontos, resistia, mas essa não seria uma daquelas minhas fantasias descabeladas? Racional e ainda assim respeitando as intuições, ele faria a pergunta fatal, será que eu ignorava que essa minha proposta tinha um nome, eutanásia? E que a eutanásia é um crime?

Maria Leonor chegou a se surpreender com a facilidade com que construía, palavra por palavra, o futuro diálogo. Não, a eutanásia não é crime se nasce de um pacto, de um acordo entre as partes. Por isso precisava do amigo lúcido, melhor ainda se não acreditasse em Deus para que não houvesse o pecado. A culpa. Julius Fuller teria então aquele olhar de verdolenga ironia, tudo bem, mas e se depois ele fosse para o inferno? A resposta dela viria rápida, Se não acredita em Deus você não acredita no inferno. E ele, divertido: Mas, e se de repente esse inferno existe mesmo? A resposta pronta, se ela ia na frente, faria sua defesa quando lá chegasse, pacto é pacto, Julius Fuller! Ainda por compaixão, uma palavra iluminada, ela não teria nenhum aviso quando chegasse a hora. Tudo se desenvolvendo com a normalidade de um dia comum, ele chegaria com a noite.

Apoiada numa bengala, Maria Leonor foi até a janela e ficou diante do mar. Essa era a cor dos olhos dele quando anoitecia, nem verde nem azul mas de um cinza tão profundo que chegava a ser negro. O mar da noite avançando e recuando na espuma das primeiras ondas, sempre igual e desigual sob a pele movediça, mas esse mar não se cansava nunca? Longe, na linha reta do horizonte, um navio. De onde vinha e para onde ia? Lembrou-se de um filme que viu quando mocinha, esquecera os detalhes mas ficou a imagem daquele navio que não chegava ao porto, tanta coisa acontecendo dentro dele e a viagem de volta que não tinha fim, no meio da calmaria ou da tempestade, o navio seguindo em frente como se obedecesse a uma ordem acima dos homens que andavam pelo convés. Com ambas as mãos ela segurou a bengala que deixara no gradil e voltou ao sofá. Estendeu molemente a pernas até o almofadão e tentou alcançar a manta de lã. Estava longe. E já tinha pedido à enfermeira que saísse, era aflitiva às vezes aquela presença jovem, nenhum vinco nem na pele nem no uniforme engomado. Olhou com certa curiosidade para as longas pernas sob o tecido veludoso do chambre. E essas preguiçosas vergando sob o peso do corpo? Não a dor, agora não, apenas um apaziguamento que chegava a ser doce porque não vinha das pílulas mas dele, Julius Fuller. Fazia um ano. Ou mais? O táxi os deixara ali na portaria do edifício depois da travessia confusa, tumultuada. Então ela fez a pergunta que conseguiu segurar até aquele instante: Você é casado, Julius? O medo de que ele falasse na mulher, nos filhos, chegou a desejar que ele tivesse um companheiro e convidaria esse outro para o apartamento, o que seria difícil se fosse uma mulher, os laços com mulher pareciam ainda mais complicados, o ciúme. No elevador, enquanto pousava as malas ele deu a resposta, era viúvo. A jovem esposa portuguesa morrera num acidente, o filho morava com os avós no Porto. Um dia iria buscar o menino e então seguiriam para a casa do meio-irmão na Grécia, esse era um antigo sonho. Ela ouviu num comovido silêncio, ele falava em sonho.

Voltou-se rápida, aqueles passos seriam na escada? Ainda não, ele estava atrasado. Apoiou a cabeça no espaldar do sofá e ficou vendo a lua inteira e plena de brancor, ah, se pudesse se banhar nesse leite. Julius Fuller subiria a pequena escada em caracol, Boa noite, Maria. Em seguida, a pergunta, como ela passara o dia. Sonolenta mas não triste e poderia acrescentar, Se você está chegando eu não posso ficar triste. Mas não, nada desses arroubos que não faziam mesmo parte do estilo dele. Ligaria o som. Ou não, a vontade da música ou dos queijos era imprevisível, previsível era o copo de vinho. E o breve relatório que ela fingia ouvir, ora, negócios! então estava mais rica? E por acaso tinha tempo para gastar uma fortuna assim espaçosa? Teria que ter mais sete vidas, como os gatos. O que importava era aquela presença disfarçadamente desatenta, ele parecia desatento desde que se agravaram os problemas das pernas e os outros — origem ou consequência? Faz parte do quadro, diziam os médicos e na vaga resposta a vaguidão do infinito. Julius acendia o cachimbo, isso era importante. E ela aspirava o calmo fumo que continuava o mesmo, mudaram as roupas que eram todas parecidas com o antigo terno do aeroporto, sempre os grandes e pequenos bolsos no paletó de tecido leve. Nesses bolsos, as mãos ágeis enfiavam tantas coisas, eram mãos bem desenhadas. Fortes. Ela olhou para as próprias mãos e juntou-as ao pensar nas santas amadas, a Teresinha Pequena e a Teresona. Mas não rezou, o que tinha a dizer elas já sabiam e era simples, não desejou que isso acontecesse. Aconteceu. E nesse mesmo sofá onde estava agora, bebiam vinho e assistiam a um filme sem maior interesse quando as mãos se apertaram com força mas sem aflição. As bocas se buscaram simplesmente e quando os corpos deslizaram abraçados para o chão, quando se juntaram nus em cima do tapete felpudo, ele disse apenas, Sem pressa, fique calma. Obedeceu, conteve-se. Tanta ansiedade e ele exato, comandando até o final o gozo agudo. Intenso. Nunca sentira antes esse prazer assim desvairado, Julius, Julius! ficou repetindo. Escondeu na almofada a cara banhada de lágrimas até se recuperar na respiração que se normalizou quando fez a pergunta frívola, recorria à frivolidade como escape, Então, Julius? Vai querer me ver remoçada? Alguma sugestão? Ele demorou para responder. Afagou-lhe os cabelos. A sua beleza vem de dentro, Maria. Não se preocupe, ela resiste. Ficaram em silêncio. A música já tinha parado, ficou o mar. Quando ele se despediu para descer, ela teve um impulso, tanta vontade de abraçá-lo e dizer apenas, Eu te amo. Ficou imóvel. Não passava de uma barroca exagerada e ele tão reprimido, um finlandês não propriamente frio mas planejado, era isso? Sim, uma coisa estava certa, ele também sabia que só agora ela conhecera o próprio corpo num aprendizado tardio. Mas profundo. E o melhor ainda era não se entregar à febre das confissões juvenis mas apenas ao gozo e em seguida retomar a marcha como aquele navio avançando. Tudo bem, Julius? Tudo bem, ele respondia e dava-lhe a mão, essa mão que atingira suas raízes com a sábia experiência de um garimpeiro sondando e desvendando a água. Na noite em que ela dormiu depois da ceia, ele tomou-a nos braços para levá-la ao quarto. Em meio da sonolência, ela se lembrava apenas de ter perguntado de qual daqueles bolsos ele ia tirar a sua morte.

Quando ele entrou, ela assustou-se. Estendeu-lhe a mão, Julius, como eu estava distraída! Me perguntava se faz mesmo um ano que nos conhecemos, não consigo me lembrar, misturo as datas.

— Não está com frio? — ele estranhou e foi cobri-la. — Então, nenhuma dor?

— Hoje não, dormi muito — ela disse e levantou a face subitamente suavizada. — A nova cozinheira encheu a mesa de novidades. Não vai comer?

— Depois. E a enfermeira?

— Hoje me livrei dela e não foi fácil assim. Queria agora um copo de vinho, posso?

— Claro — ele disse e acendeu o cachimbo. Afastou-se na direção do bar.

Ela quis então perguntar se esse paletó que usava não seria o mesmo velho paletó do aeroporto. A calça parecia nova mas o paletó não tinha o antigo ar velhíssimo?

— Quer uma ajuda, Julius?

Pergunta vã, não conseguia andar mas era bom ouvir aquela mesma frase de quando ele apanhou as malas e seguiu em frente, Pode deixar. Os pequenos ruídos, a garrafa já estava aberta, chegou a vez da lata de amêndoas. Agora ele falava num tom mais alto, justificava-se, chegara assim tarde porque fora ao laboratório apanhar os resultados dos exames de ressonância nuclear magnética, não era mesmo um nome pomposo? Devia estar pegando os copos quando acrescentou que já levara os exames ao médico, ela podia ficar tranquila, nenhuma novidade.

— Tudo normal, Maria.

— Normal?!

Ele voltava com a bandeja. Entregou-lhe o copo de vinho e beijou-a. Deixou a bandeja com a garrafa e as amêndoas na mesa ao lado. Levantou o copo numa alegre saudação.

— Normal! Uma boa notícia, podemos então fazer a nossa viagem.

— Você está brincando!

Ele tirou do bolso maior um folheto acetinado e colorido.

— Nunca falei tão sério. Passei também pela agência de turismo e lá me deram tudo isto — acrescentou e foi tirando dos bolsos mais papéis. Fez um gesto amplo. — Há um cruzeiro pelo Mediterrâneo com um programa tentador.

— E estas pernas?

— Pernas têm os seus caprichos. Até chegar a hora da viagem elas já estarão boas, vai passar.

— Se você diz eu acredito, Julius, eu acredito. Achei este vinho mais denso, é o mesmo? — perguntou e devolveu-lhe o copo vazio. — Outro brinde para comemorar! Sabe que sou a mulher mais feliz do mundo? Vou viajar com o meu marinheiro e estou tão feliz, já disse isso antes?

— Já disse mas pode repetir. Pronto, mais um copo e

não beba com essa rapidez, esse vinho deve ser saboreado. Mastigado.

Ela afastou molemente os catálogos que ele abriu no sofá. Tombou para trás e afundou a cabeça nas almofadas.

— Acho que fiquei atordoada, estou assim voando, voando... Espera, Julius, você está aí? Está me ouvindo?

— Estou aqui.

— Segura minha mão, quero sua mão, ah, como é bom, Julius querido, fica aí e escuta... Acho que ainda não disse uma coisa — ela avisou e moveu a cabeça. Falava bem baixo, suave. — Julius querido, é uma coisa tão importante, mas tão importante... Está me ouvindo? Com você eu voltei à infância, sabe o que é voltar à infância? Estou aqui caindo de sono e resistindo como resistia no colo da minha mãe, está me ouvindo?

— Sim, Maria, pode falar.

— Aperta minha mão, assim, não larga... Eu ficava no colo da minha mãe e não queria dormir, não queria! É que tinha sempre uma festa acontecendo e eu não queria perder nada, resistia, não queria dormir e este sono... Julius, você está aí?

— Estou aqui com você.

A voz da mulher era um fio tênue.

— No colo da minha mãe...

Ele tomou-lhe a cabeça entre as mãos. Aproximou-se mais e fechou-lhe os olhos.

— Eu te amo. Agora dorme.

O Segredo

Agarrei-me ao peitoril da janela e espiei. Já estava na ponta dos pés e ainda assim não via nada, ou melhor, consegui ver apenas uma parte da parede da sala onde estava pregada com tachas a estampa colorida de uma rainha sentada no trono. As vidraças com suas cortininhas franzidas de algodão branco tinham sido cerradas, ficara apenas aquela fresta que abri um pouco mais e ainda assim só podia escutar as vozes das mulheres conversando. O suor começou a escorrer pela minha cara esbraseada. Estava na janela das mulheres da Rua da Viúva, aquelas donas que a gente via de longe com a mesma curiosidade assustada com que víamos os leprosos em pequenos bandos, montados nos seus cavalos: os homens do cavalinho. A diferença é que os leprosos mendigavam sacudindo as moedas que faziam blim-blim! nas canecas de folha, de longe já se ouvia o barulhinho. E as mulheres da Rua da Viúva passavam quietas e não olhavam nem para os lados. Junto da cerca de arame farpado que fechava o terreno vizinho tinha um monte de tijolos. Desci do meu posto, arrumei um tijolo em cima do outro e subi na pilha. Agora podia ver as duas mulheres jogando dados e bebendo cerveja em redor de uma mesa coberta com um oleado de quadrinhos vermelhos. A mulher loura vestia um quimono de cetim preto com bordados e o cinto na cintura estava tão frouxo que deixava aparecer pela abertura mais da metade dos seios. Demorei olhando aquele peito redondo e rosado e só depois passei para a sua cara também rosada, com uma covinha no queixo. Não usava pintura e os olhos pareciam duas continhas azuis. Os cabelos, lavados há pouco, caíam em desalinho até o meio das costas. A mulher morena era magra e comprida. O carvão em redor dos olhos estava borrado e o pijama amarelo era tão transparente que deixava aparecer os bicos do peito espetando o tecido. Prendera os cabelos encarapinhados com papelotes e usava uns brincões pretos que pareciam feitos de veludo em forma de pingente. A loura sacudiu o copo de vidro e lançou os dados na mesa. Fez uma cara desanimada. Recolheu os dados no copo.

— Tenho ódio de briga — disse a loura pegando a ventarola debaixo da garrafa. Reconheci essa ventarola, tive uma igual com a mesma estampa de uma Colombina com um Pierrô esguichando lança-perfume rodometálico. — Você viu, me tranquei no quarto quando começou o mexerico, não viu? — perguntou e levantou a cabeça. Ficou me olhando e se abanando devagar. — Tem aí uma espiã vendo a gente.

— Era só o que faltava — disse a morena que olhou na mesma direção. Franziu as sobrancelhas feitas com lápis, sacudiu a cabeça e os brincos chegaram a lhe tocar os ombros. — Mas o que essa merdinha está espiando? Ei, menina, o que está fazendo aí?

Fiquei imóvel, agarrada à janela como se tivesse sido transformada em estátua. A loura bebeu um gole de cerveja e fechou no peito a gola do quimono. Recolheu os dados. Tinha a voz macia feito um pudim.

— Ela está assustada, Diva. Parece um passarinho na boca da cobra. Que é que você quer, menina? Perdeu a língua?

— A bola.

— Bola? Que bola? — perguntou a morena.

— Minha bola caiu no quintal.

A mulher morena que se chamava Diva despejou mais cerveja no copo e deixou a garrafa vazia no chão, debaixo da mesa. O copo transbordou. Colheu depressa com a ponta da língua a espuma e bebeu devagar até o fim. As sobrancelhas finas voltaram a se fechar com fúria. Os brincos veludosos me fizeram pensar nos morcegos que dormiam assim pendurados no teto da Tiana Louca.

— Não é a primeira vez que essas pivetes jogam a bola aqui! É de propósito? Vai, responde!

A loura levantou a mão bem devagar num gesto de quem pedia calma. Tinha as unhas recurvas de tão compridas, pintadas de vermelho.

— Pois então saia dessa janela e venha buscar sua bola, ora! A porta é aí do lado, ninguém aqui vai te morder.

Desci e fiquei parada no meio da calçada, olhando a pilha que fiz com os tijolos e pensando bem quieta que alguém devia estar escondido atrás de mim e me espiando assim como eu espiara as duas mulheres. O sentimento de que estava sendo vigiada foi tão forte que peguei depressa os tijolos e levei tudo de volta ali junto da cerca. Limpei as mãos no avental e olhei para trás. Pensei no olho amarelo do meu irmão cobrando as provas de coragem e essa era uma delas, atirar a bola no quintal das mulheres da Rua da Viúva e com a maior cara de pau do mundo entrar e pedir a bola de volta. A segunda prova também não era fácil, ir ao cemitério na primeira sexta-feira de lua cheia, sacudir com força a grade de ferro da sepultura do Coronel Batista e perguntar bem alto, Está dormindo, Coronel? Depois sair, mas sem correr.

Alisei a franja e fiquei diante da porta carcomida, pintada com tantas camadas de tinta que as cores acabaram se misturando e escorreram em grossas estrias com alguns claros abertos pela água da chuva. Junto da maçaneta preta estava desenhada a carvão uma mulher pelada com os dentões de fora e os peitos apontando cada qual para um lado, feito olhos estrábicos. Entre os pés de pato do desenho estava escrita a palavra *puta*. Entrei. Na pequena sala havia muitas gravuras coloridas pregadas com tachas, como aquela da rainha. Em cima da cristaleira estava o retrato de uma criança com uma fita no cabelo, junto da estatueta de gesso colorido de um menino de boné, a cabeça tombada para trás e a boca aberta, esperando o galho de cerejas que segurava no alto. Lembrei que vi essa mesma estatueta na barraca da minha mãe na última quermesse. A cortina de seda japonesa presa por argolas no varal de uma porta levantou com o vento e vi um pedaço do corredor escuro que varava pela casa adentro. As duas mulheres ficaram me olhando. A loura inclinou a cabeça para o ombro e fechou de novo a gola do quimono que voltou a se abrir.

— Vai, menina, pode entrar. E suas coleguinhas? Não vieram com você?

— Não.

— Onde elas estão?

— Perto do rio.

— Perto do rio — a loura repetiu. Foi sacudindo devagar o copo com os dados e esfregou no chão de tábuas lavadas as solas dos pés descalços. Vinha do assoalho úmido um cheiro forte de creolina. — Você sabe nadar no rio?

— Não. Mas meu irmão sabe.

— Quantos anos tem seu irmão?

— Doze.

— E você?

— Vou fazer dez — eu disse e escondi as mãos no bolso do avental quando descobri que as chinelas de seda vermelha da mulher morena estavam com os bicos furados e os dedos apareciam pelos furos.

A loura animou-se de repente. Virou a cadeira para apertar o braço da outra.

— Dez anos! A idade da minha Felipa, viu, Diva? Se a Felipa estivesse viva tinha agora esse tamanho, imagina. A idade da minha Felipa.

— Só que a sua filha devia ser bonita e essa é feia de doer, parece o capeta.

A loura riu enquanto se abanava com a ventarola. Os olhos de continha azul estavam alegres.

— Não liga não, guria, ela está brincando — disse e de repente ficou séria. Deixou a ventarola, pegou a garrafa que estava no chão e esperou com paciência que o fundo de espuma escorresse para o copo. Bebeu devagar a espuma. — Minha filha Felipa morreu com cinco aninhos e também usava essa franja, se vivesse tinha hoje a sua idade. Quer groselha?

Fiz que não com a cabeça e desviei o olhar para a parede. Bem lá no alto, via agora a estampa de um São Jorge montado num cavalo branco e enfiando a ponta da lança no pescoço de um dragão que esborrifava sangue. A tacha que segurava a parte de cima da estampa tinha caído e a ponta com o furo vergava para o chão. Baixei o olhar para o copo dos dados, mas por que não me deixavam pegar a bola e ir embora? E por que a mulher morena dos brincos de morcego estava com tanta raiva de mim?

— Eu queria pegar a minha bola.

— Pois pega duma vez essa porcaria de bola e suma, escutou agora? — gritou a morena. Levantou-se. — Vem, vem comigo.

— Melhor não, Diva. O Duque não está solto? Ele pode estranhar e morder a menina, vai você, vai.

Com um gesto espalhafatoso, a mulher abriu a cortina e foi resmungando, Hum, se essa bola de merda caísse outra vez nesse quintal!... Baixei a cabeça e fiquei olhando o besourão preto que saiu de um buraco no rodapé e veio todo tremelicante como se estivesse arrastando uma pedra. A loura sacudiu o copo e lançou os dados.

— Está vendo? Quando fico sozinha ganho sempre, não é gozado? Conhece esse jogo?

— Não. Mas meu pai conhece.

— Ah, o seu pai. É o diretor da escola?

— Não, é o delegado.

Ela continuou olhando firme para os dados mas o queixo com a covinha começou a tremer. Respirou de boca aberta até que, de repente, fez uma careta como se tivesse sentido alguma dor.

— O Doutor Samuel.

— É.

Ouvi latidos de cachorro e vozes vindo lá dos fundos. A mulher morena voltou batendo com força os saltos dos chinelos. Atirou a bola de meia na minha direção.

— A sua maravilha de bola! — Voltou-se para a amiga. — A gente continua o jogo depois porque agora a Bila vai soltar o meu cabelo.

Meti a bola no bolso enquanto ela se enfiava de novo pelo corredor, Eh! domingo besta. Fui recuando de costas. A loura recolheu os dados no copo e veio vindo devagar na minha direção. Era miudinha com aqueles pés assim descalços e que pareciam menores do que os meus.

— Espera — ela disse. — Espera aí um pouco, queria que me prometesse uma coisa, vai me prometer? Não diga a ninguém que esteve aqui. Promete?

— Prometo.

— Mas eu queria que você jurasse.

— Eu juro.

— Então vai ser o nosso segredo. Sabe o que é um segredo? Segredo é uma coisa que a gente não conta, nem o pai, nem a mãe, ninguém no mundo fica sabendo, mas ninguém mesmo.

— Eu não vou contar.

Ela ficou piscando os olhinhos redondos. Fez a carinha alegre quando estendeu a mão para alcançar minha cabeça, queria fazer um agrado. Desviei a cabeça e ela voltou a mão até o copo de dados que apertava contra o peito. Falou baixinho.

— É bom a gente ter segredos. Você não tem segredos?

— Não.

— Nenhum? Imagina só, uma menina sem segredos — espantou-se e olhou para o chão, mas parecia aflita, como se tivesse perdido alguma coisa. — Eu tinha tantos segredos! Você vai ver como é bom guardar só com a gente essas coisas que ninguém no mundo fica sabendo. Se a gente morre essas coisas morrem com a gente, entendeu?

— Eu não vou contar.

Ela entreabriu a porta e espiou. Pegou no meu braço.

— Vai, vai agora! Vai depressa! — ordenou e me empurrou para fora. — E não deixe mais sua bola cair por aqui. Vai!

Saí correndo. Na esquina, olhei. Ela estava agora espiando da janela, sacudindo o copo mas já não escutei o barulhinho dos dados.

Papoulas em Feltro Negro

— Aqui é a Natividade, você ainda se lembra de mim? — ela perguntou. — Fomos colegas de escola, a magrela de cachos!

Afastei um pouco o fone do ouvido, Natividade falava alto e a voz era metálica, Ainda se lembra de mim? Revi a menininha comprida, de cachos úmidos enrolados na vela. No cheiro da memória, uma vaga aragem de urina, ela urinava na cama.

— Eu era a sessenta e sete e você a sessenta e oito. A gente vivia levantando a mão para ir à casinha — eu disse e Natividade começou a rir o antigo riso de anãozinho de floresta.

— Hi, hi, hi!... E tinha outro jeito de fugir da aula?

Não tinha não. A fuga era para a latrina que a gente chamava de casinha, um cubículo com chão de cimento, os quadrados de papel de jornal enfiados num arame preso a um prego e o vaso com o assento de madeira rachado. Ao lado, pendendo da caixa da descarga, a corrente que ninguém puxava. O cheiro era tão forte que eu prendia a respiração até o limite da tosse, tossia tanto que ficava sem ar e então abria a porta e saía espavorida.

— Inventamos uma homenagem à Dona Elzira, lembra dela? — perguntou Natividade. — A nossa professora de aritmética está tão doente, vai morrer logo! Daí essa ideia de reunir as meninas num chá na Confeitaria Vienense, que vai fechar, saiu da moda. Mas lá tem piano, tem violino, já pensou? Fica mais alegre.

Apanhei o cigarro que tombou no tapete, tomei um gole de conhaque e voltei ao telefone pedindo desculpas, tive que fechar a janela. A Dona Elzira?

— Lembro muito bem. Ela me detestava.

Natividade deu uma risadinha e de repente ficou séria. Mas não era possível, ela falara em mim com tanta simpatia, será que eu não estava fazendo confusão com aquela outra professora de geografia?

— Dona Elzira é inesquecível — eu disse e tapei o bocal do telefone enquanto tossia. Foi há tanto tempo e com que nitidez me lembrava dela. — Então está doente? Me parecia eterna.

Nem gorda nem magra. Nem alta nem baixa, a trança escura dando uma volta no alto da cabeça com a altivez de uma coroa. A voz forte, pesada. A cara redonda, branca de talco. Saia preta e blusa branca com babadinhos. Meias grossas cor de carne, sapatões fechados, de amarrar. Impressionantes eram aqueles olhos que podiam diminuir e de repente aumentar, nunca eu tinha visto olhos iguais. Na sala atochada de meninas que eram chamadas pelo número de inscrição, era a mim que ela procurava. A sessenta e sete não veio hoje? Estou aqui, eu gemia nesse fundo da sala com a frouxa fieira das atrasadas, das repetentes, enfim, a escória. Vamos, pega o giz e resolva aí esse problema. O giz eu pegava, o toco de giz que ficava rodando entre os dedos suados, o olhar perdido nos números do quadro-negro da minha negra humilhação. Certa manhã a classe inteira se torceu de rir diante da dementada avalanche dos meus cálculos mas Dona Elzira continuou impassível, acompanhando com o olho diminuído o meu miserável raciocínio.

— A pobrezinha mora no inferno velho lá onde Judas

perdeu as botas, as botas e as meias! — disse Natividade. — Mas essa nossa pianista eu encontrei fácil.

— Não toco mais, só leciono.

Natividade ficou pensando. Quando desatou a falar, lembrou que já tinha escutado um disco onde eu tocava um clássico mas apareceu um gato e tchum! arranhou o disco. Se a agulha caía nessa valeta, acrescentou e riu, Hi, hi! A pergunta veio inesperada, por acaso eu sofria de asma? É que a irmã caçula tinha uma tosse igual.

Minha cara se fechou, mas como ela me ouviu tossir? Pois ouviu.

— Tive bronquite quando criança — eu disse e de repente descobri uma coisa curiosa, a simples lembrança infantil me fazia tossir novamente. A tosse da memória. — Mas sarei, esta tosse agora é nervosa, coisa da velhice.

— Mas quem está velha? — protestou Natividade. — Você deve andar pelos cinquenta e poucos, acho que regulamos de idade. Ou não? Somos jovens, meu anjo!

Animada com essa ideia, ela começou um monólogo sobre seus dois casamentos, no primeiro foi felicíssima, um esplendor de marido que morreu jovem, a sorte é que ficaram quatro filhos. Mas na segunda vez, Cristo Rei! que desastre. Começou a entrar nos detalhes do casamento que chamou de burrada, mas sua voz e seus cachos foram ficando distantes. Próxima estava eu mesma com o uniforme cor de café com leite, escondendo entre os cadernos da escola um rolo de gaze e uma echarpe de seda que minha mãe jogou no lixo e eu recolhi. A ideia me veio em meio de uma aula e foi amadurecendo, alguém já tivera uma ideia igual? Um quarteirão antes de chegar à escola, enrolava a gaze para atadura no pulso direito e depois enfiava o braço na tipoia da echarpe. Antes, olhava em redor, nenhuma testemunha? Carregava a mala na mão esquerda e fazia aquela cara dolorida, Torci o braço num tombo de patins, não posso nem pegar no lápis. Nem no lápis nem no giz. Até chegar a tarde em que arranquei a tipoia e entrei num jogo de bola.

Em meio da paixão da partida, o pressentimento, Dona Elzira estava me vendo de alguma das janelas do casarão pardacento. Levantei a cabeça. O sol incendiava os vidros e ainda assim adivinhei em meio do fogaréu da vidraça a sombra cravada em mim.

Agora Natividade falava dos netos. Passei o fone para o outro ouvido, mudei de posição na cadeira e consegui interrompê-la.

— Não, francamente, não tenho nada a ver com esse chá, Dona Elzira me detestava.

— Cristo Rei! mas como você pode ser assim dura, a pobrezinha está com aquela doença na fase final, tem os dias contados, um pé continua aqui e o outro já está no Vale da Morte, não é impressionante? Meu pai, que era crente, dizia uma coisa que nunca esqueci, quando alguém passa de um certo ponto da doença, começa a fazer parte desse outro lado como se já tivesse morrido. O que é uma vantagem, agora ela está mais fortalecida porque vê o que não via antes nas pessoas, nas coisas.

Esfreguei a sola do sapato na marca que o cigarro deixou no tapete. Até na hora da morte essa Dona Elzira se amarrava no poder, ficou uma viva-morta invadindo os outros, todos transparentes, Cristo Rei! era a minha vez de dizer. Tranquilizei Natividade, podia enrolar os cachos, eu iria ao chá. Ela desatou a rir, cortara o cabelo quando mocinha.

— Dê então um lustre nessas ondas. E que o tal violinista toque a "Valsa dos Patinadores".

Quando me estendi no sofá, gemi de puro cansaço, fora o mais arrastado dos telefonemas, uma carga. Tive vontade de cantar com a voz da infância a cantiga de roda do recreio, *No alto daquele morro passa o boi, passa a boiada e também passa a moreninha da cabeça encacheada.* A encacheada era a Natividade remexendo com uma varinha o fundo lodoso da memória. Mas não sabia que essa lembrança era para mim sofrimento? As quatro operações. As quatro estações. Eu quis tanto ser a Primavera com aquele corpete de papel crepom verde e saiote desabrochado em pétalas, cheguei a ensaiar os primeiros passos no bailado das flores, Dona Elzira foi espiar o ensaio. No dia seguinte fui avisada, outra menina ia entrar no meu lugar. Na Festa das Aves me entusiasmei de novo, a Dona Elzira me pediu para decorar a poesia do pássaro cativo, vou recitar! E quem contou a história do passarinho nas grades foi a Bernadete. Nas vésperas da Festa da Árvore ela quis saber se eu tinha decorado alguma coisa que falasse do verde. Vibrei, sabia de cor a poesia do pinheirinho de Natal, podia começar? Juntei os pés, entrelacei no peito as mãos suadas para não ficar com elas abanando no ar e contei a história do pequeno pinheiro que brilhou tanto naquela noite de festa e depois... Ela tomava sua xícara de café. Ouviu, fez um gesto de aprovação e chegou a sorrir, estava satisfeita. No dia da festa, fui com minha mãe e sentamos na primeira fila porque assim ficaria mais fácil quando eu fosse chamada ao palco. Depois que a Bernadete recitou a poesia das velhas árvores, quando todos se levantaram e a cortininha se fechou, minha mãe me puxou pela mão, Vamos. Na rua, continuou em silêncio e eu também muda, piscando com fúria para segurar as lágrimas que já corriam livremente. Em casa ela me segurou pelos ombros, Mas Dona Elzira disse que você ia recitar? Ela disse isso? Vamos, filha, responda! Desabei no chão, quis falar e minha boca se travou, estava certa do convite mas com minha mãe perguntando eu já não sabia responder.

— Atenção, meninas! — assim ela abria a aula. A gente então parava de conversar e se voltava para vê-la com sua trança e seu talco no alto do estrado. — Atenção!

Eu estava atenta quando entrei na antiga confeitaria com espelhos, toalhas de linho e violinista de cabelos grisalhos, *smoking*, a se torcer todo enlevado no compasso rodopiante da valsa. Parei atrás de uma coluna e fiquei espiando, lá estava a mesa com um exuberante arranjo de flores. E Dona

Elzira na cabeceira. Estava de escuro, a cara meio escondida sob o enorme chapéu preto, mas o que aconteceu? Tinha diminuído tanto assim? Não era uma mulher grande? Deixei-a, queria ver antes as meninas no auge da excitação, juvenis nos seus melhores vestidos. Reconheci Natividade, que ficou loura e gorda, os cabelos curtos formando uma auréola em redor da cara redonda. Reconheci Bernadete, a das poesias. Continuava ossuda e ruiva, mais frequente o tique nervoso que lhe repuxava a face fazendo tremer um pouco a pálpebra direita. Ou a esquerda? Ainda assim me parecia melhor agora, madura e contente com suas pulseiras e casaco brilhoso. Não reconheci as outras duas matronas e nem me interessei em saber, era a vez de Dona Elzira. Que estivesse velha, isso eu esperava, mas assim tão diminuída? Encolheu demais ou eu a imaginara bem maior lá na sala de aula? E o chapéu, mas que chapéu era aquele? A copa de feltro negro até que era pequena, grande era a aba com um ramo de papoulas de seda postas de lado, umas papoulas desmaiadas, as pontas das hastes tombando para fora. Guardei os óculos na bolsa e fui indo em direção à mesa, minha movimentação diante dela ainda era em câmara lenta, a fuga começava quando ficava fora do seu alcance.

— Perdão pelo atraso, mas o trânsito — comecei. E de repente me vi repartida em duas, eu e a menina antiga com ar de sonâmbula, estendendo a mão para pegar o giz.

Quando me viu, endireitou os ombros e a cara foi se abrindo numa expressão de surpresa, Ahn, você veio! Natividade levantou-se radiante e indicou-me a cadeira ao lado da homenageada, A nossa pianista! Respondi logo às primeiras perguntas, não estava mais tocando, não tinha marido e não tinha filhos mas de vez em quando até que passava o meu batom, gracejei. Ninguém ouviu, todas falavam ao mesmo tempo numa aguda vontade de afirmação, Vejam como estamos realizadas e felizes! Riam, trocavam confidências na maior intimidade mas ficavam cerimoniosas quando se dirigiam à Dona Elzira, tão próxima e tão distante com o seu empoeirado chapéu. Esse chapéu devia ter vindo de uma caixa que se abria em dias de casamento, foi madrinha de um deles e desde então ficou sendo o chapéu das festas com a aba ondulada de tão larga, o ramo frouxo de papoulas quase escorregando para o chão. Inclinou-se e tocou na minha mão. Senti seu perfume de violetas.

— Minha aluna predileta.

Encarei-a. Seus olhos pareciam agora mais claros sob uma certa névoa esbranquiçada, mas poderia ser simples efeito de luz.

— Aluna predileta, Dona Elzira? Mas a senhora nunca me aceitou — provoquei num tom divertido.

Ela tomou um gole de chá. Mordiscou um biscoito. Deixou-o na borda do prato e acompanhou com interesse o garçom que me servia uísque. Esperou que eu bebesse e então pousou a mão no meu pulso. Senti uma frialdade diferente nessa pele. Aproximei-me para ouvi-la e de mistura com o perfume me veio dela um outro cheiro obscuro e mais profundo. Recuei. Seus dentes pareciam ocos como cascas de amêndoas velhas sob o esmalte com manchas esverdeadas. Levou a mão vacilante até os escassos cabelos brancos cortados na altura da orelha. Teve um ligeiro movimento de faceirice para ajeitá-los melhor sob a aba do chapéu. Tocou com as pontas dos dedos na minha blusa e como se fosse fazer um comentário sobre o tecido, começou a falar, o fato é que eu era uma menina muito complicada. Muito difícil.

— Difícil?

Ela moveu lentamente a cabeça. O chapéu teve um meneio de barco. Dificílima, minha filha. Tomou fôlego e prosseguiu em voz baixa, eu não podia mesmo imaginar o quanto se preocupara comigo, pensou até em falar com minha mãe, será que eu não tinha sérios problemas em casa? Sem esperar pela resposta, acrescentou rapidamente que o mais estranho em tudo isso é que eu passava de repente da maior apatia para a agressão, chegava a ficar violenta quando apanhada em flagrante.

Fiquei muda. Seus olhos que tinham aquele fulgor do aço me pareciam agora os olhos de um cego.

— Flagrante? Flagrante do quê, Dona Elzira?

— Da mentira, filha — sussurrou e aceitou a fatia de bolo que o garçom deixou no seu prato. Com a ponta do garfo ficou divagando pensativa pela fatia que não provou. — Você mentia demais, filha. Mentia até sem motivo, o que era mais grave. E se crescer assim? eu me perguntava e sofria com isso, tinha receio de algum desvio do seu caráter no futuro. Sei como as crianças gostam de inventar, fantasiar mas no seu caso havia alguma coisa mais que me preocupava... — Fez uma pausa. E baixou até o prato o olhar sem esperança. — Sabe o que eu queria? Queria apenas que você fosse sincera, simples, queria tanto que fosse verdadeira.

— Prova! — ordenou Natividade deixando em minha mão um pãozinho de queijo. Apontou excitadamente para os músicos. — Está ouvindo? A "Valsa dos Patinadores" que encomendou.

Agradeci muito, devolvi disfarçadamente o pãozinho à cesta e voltei-me depressa para Dona Elzira, o encontro estava chegando ao fim e eu não podia perder tempo, ela estava se distanciando, me escapava. Mas que me devolvesse antes essa imagem que guardara de mim mesma e que eu desconhecia. Ou não?

— Mas Dona Elzira, ninguém é assim nítido, a senhora sabe. Eu era meio tonta e tão medrosa, como eu tinha medo!

— Tonta, não, filha, você não era tonta. Medrosa, sim, eu via o seu medo e era por causa desse medo que dissimulava. E eu querendo tanto que fosse corajosa, que parasse de fingir antes que fosse adulta, todo fingimento é infame.

Alguém deixou no seu prato um doce com cobertura de chocolate e que ela espetava com a ponta do garfo, abrindo furos pelos quais um creme licoroso começou a escorrer. Limpou com o guardanapo os cantos limpos da boca.

— Mas por que ficar lembrando essas coisas? Você cresceu tão bem, filha. Meu avô historiador costumava dizer que o que passou já virou história, não há mais nada a fazer, nada. É virar a página. Hoje você é uma pianista importante...

— Professora de piano.

Ela quis dizer qualquer coisa. Sorriu. Pedi licença para fumar.

— Claro, filha, fume o quanto quiser, nesta altura pode haver alguma fumaça que me prejudique?

Voltou-se para Natividade que lhe mostrava o retratinho da neta. Esvaziei o meu copo de uísque. E de novo a tosse antiga ameaçando explodir. Fiz um esforço e apertei-lhe delicadamente o braço.

— Um momento, Dona Elzira, é que ainda não terminei, queria apenas lembrar uma coisa, a senhora me rejeitou demais, lembra? Cheguei a pensar em perseguição, o que eu mais queria no mundo era fazer parte daquelas festinhas na escola, eu não sabia fazer contas, não sabia desenhar mas sabia tão bem todas aquelas poesias das *Páginas Floridas*, decorei tudo, quis tanto subir ao menos uma vez naquele palco! A senhora que me conhecia tão bem sabia dessa minha vontade de vestir aquelas fantasias de papel crepom, o que custava? Por que me recusou isso?

— Mas você gaguejava demais, filha. E não se dava conta da gagueira, insistia. Eu queria apenas protegê-la de alguma caçoada, de algum vexame, você sabe como as crianças podem ser cruéis.

— Minha neta, não é linda? — perguntou Natividade e me deixou na mão o retratinho.

— Linda.

E não via o retrato, via a mim mesma dissimulada e astuta, infernizando a vida da professora de trança. Então eu gaguejava tanto assim? Invertiam-se os papéis, o executado virava o executor — era isso? Dobrei o cheque dentro do guardanapo e fiz um sinal para Natividade, a minha parte. Despedi-me, tinha um compromisso. Dona Elzira voltou-se e me encarou com uma expressão que não consegui decifrar, o que quis me dizer? Quando tentei beijá-la, esbarrei na vasta aba do chapéu. Beijei-lhe a mão e saí apressadamente. Parei atrás da mesma coluna e fiquei olhando como fiz ao chegar. Tirei da bolsa os óculos de varar distâncias, precisava pegá-la desprevenida. Mas ela baixou a cabeça e só ficou visível o chapéu com as papoulas.

A Rosa Verde

A Mãe morreu de parto junto com a criança que se vivesse, ia ser a minha irmã. Seis meses depois foi a vez do Pai que botou a mão no peito, deu um gemido e caiu duro em cima da cama. Eu estava na escola quando a Bila veio me buscar de charrete e assim que ela me viu começou a rir e a chorar ao mesmo tempo torcendo as mãos feito dois trapos e então já adivinhei que alguma coisa horrível tinha acontecido. Fala, Bila, eu disse quando me sentei junto dela na boleia. É demais, é demais, ela ficou repetindo e se sacudindo inteira de tanto rir enquanto as lágrimas corriam dos seus olhos feito duas torneiras. É que todo mundo está morrendo e isso eu não aguento! Fiquei olhando duro em frente e adivinhei, desta vez foi com o Pai. Por que não pensei no Avô nem na Avó Bel que já estavam velhos? Pensei no Pai. A égua Linda se soltou naquele trote contente porque sabia que estava voltando para casa e a Bila chorando e rindo ao mesmo tempo em que ia contando, ele ia sair, já estava vestido e tão bonito assim vestido quando botou a mão no peito e pronto, acabou. Merda, merda, merda, fiquei repetindo baixinho e sem poder dizer outra coisa porque tremia de medo só de pensar na Avó Bel. Se na morte da nora ela armou aquele berreiro imagina então na morte desse filho o que ela ia aprontar. E a Avó Bel? perguntei. Bila encurtou a rédea e contou que o Avô já tinha lhe tacado uma injeção de derrubar cavalo e agora ela dormia feito uma santa. Então respirei porque já sabia o que fazer, era só não olhar para o defunto, fingir que olhava mas não olhar mesmo. Por acaso olhei a Mãe? Na mudança do sítio para cá perguntei para o Avô, Mas para onde eles foram? O Pai e a Mãe? Para onde foram esses dois é o que eu queria saber. O Avô tirou do bolso a palha para enrolar seu cigarrinho. Onde eles estão agora eu não sei, filha. Mas sei que depois da morte nenhum dos dois ficou mais aqui. Os corpos ficaram esvaziados, ele disse e alisou a palha antes de encher sua palha com o fumo.

— Nesta fazenda tem mais teia de aranha do que lá no sítio — resmungou Avó Bel passando a vassoura de cabo comprido no teto da sala.

Já fazia um tempo que a gente tinha se mudado para a fazenda do Tio Júnior e nesse tempo não teve um só dia que ela não se queixasse da nova casa. Sem deixar de gabar Tio Júnior, um santo de filho e mais a nora, a Tia Constança, uma flor de moça, bastante tonta mas uma verdadeira flor. Nessa ordem, até o nojento do Primo João Carlos entrava, a Avó Bel só não tinha feito ainda as pazes com Deus. Naquela manhã da Missa do Sétimo Dia do Pai, quando me enfiou o tal de vestido preto que eu odiava, reclamei, Não gosto desse vestido! Então ela ficou com o olho vermelho de lágrimas e passou com mais força o pente no meu cabelo, E por acaso eu gosto? Responda! Fiquei quieta. Daí ela disse que aceitava toda essa tragédia de ver a nora e o filho, que eram lindos, morrendo um atrás do outro, aceitava porque não tinha outro remédio, mas não estava conformada. É por isso que não piso nessa missa porque senão Ele pode pensar que me conformei mas Ele sabe que não vou me conformar nunca! Ele era Deus.

— O João Carlos está perdido de piolho.

Avó Bel descansou no chão a vassoura e ficou me olhando. Apoiou na ponta do cabo os braços finos e esbranquiçados como os braços das aranhas.

— Outra vez? Toma cuidado senão você vai pegar.

— Mas como não vou pegar se ele fica caçando os piolhos e jogando na minha cabeça?

Ela suspirou. Não confessava que gostava mais desse neto do que de mim. Arrumou o coque grisalho que já estava despencando e ficou olhando a janela. Regulava de idade com o Avô mas ele era mais bonito com aquela cara grande cor de tijolo e o cabelo todo branco, repartido bem no meio.

— Essa casa tão nova e tão difícil de limpar, não entendo — ela resmungou.

Sentei no chão perto da janela porque ali as tábuas estavam mais secas, de manhã o chão tinha sido lavado. No sítio a senhora também se queixava das lagartixas e dessas aranhas branquelas, eu quis lembrar. Fiquei quieta. Quando a gente morava lá, ela vivia se queixando da casa que era tão velha que dava até escorpião, o que não aparecia na fazenda do Júnior porque ele era rico. Agora a gente estava na fazenda do Tio Júnior e ela falava na maravilha que era o sítio. Tive vontade de perguntar, por que a gente foi sair do sítio? Mas então ia entrar aquele pedaço da tragédia e esse pedaço eu não queria escutar outra vez. Acendi o toco de vela que tirei do bolso e comecei a pingar devagarinho as gotas de cera quente na palma da mão até chegar com as gotas às pontas dos dedos formando uma estrela. Os pingos caíam cinzentos mas ficavam brancos quando endureciam.

— O Avô disse que vão abrir aqui uma estrada e então a gente vai ficar mais perto da cidade. O Pai morreu porque o sítio era muito longe do hospital.

— O Avô não sabe de nada — esbravejou ela. — Seu pai

morreu de tristeza, não se conformou com a morte de sua mãe e não sossegou enquanto não seguiu atrás.

— Escutei que ele morreu do coração.

— Morreu de tristeza — repetiu Avó Bel passando com impaciência a vassoura de alto a baixo na porta. Rodopiou a vassoura no ar. — O meu querido filho era tão sensível, eu sabia o quanto estava abalado e tentei evitar que a tragédia se completasse, mas fazer o quê?! O que eu podia fazer, me responda!

Fiquei encolhida contra a parede. Avó Bel acabava ficando furiosa quando falava nos seus mortos como se eles fossem os culpados por não terem aguentado mais tempo. A sorte é que essa fúria não durava muito. Gritava, gritava e acabava se cansando. Vinha então a hora das queixas que eram sempre as mesmas, queixas que chegavam até o seu tempo de mocinha, quando tinha dúzias de pretendentes. E quem é que eu fui escolher? O pior deles, não sei onde estava com a cabeça quando escolhi um botânico! O botânico era o Avô.

— Ele inventou uma rosa verde.

— Inteligência ele tem para inventar uma rosa de qualquer cor, ah, inteligência isso ele tem. E daí? — ela perguntou e encostou a vassoura para pensar um pouco.

A aranha branquela aproveitou e veio descendo depressa na ponta de um fio. Se dependurou nesse fio, balançou de um lado pro outro feito o trapezista do circo até que num balanço mais forte, ela alcançou a janela aberta e desapareceu na folhagem. Avó Bel arregaçou a manga da bata e ficou olhando para fora na direção onde a aranha sumiu.

— Quando penso que nesta idade avançada eu tive que fazer uma mudança dessas! E ainda trazendo uma criança pela mão...

— Que criança?

— Você, ora. Seu avô podia ajudar mas ele tem a cabeça na lua.

— Ele vai fazer nascer uma rosa verde, não tem no mundo uma rosa igual.

— Tolice. Um botânico com diploma virar jardineiro depois de velho. Ainda bem que com tudo isso o Júnior pode agora contar com a gente, ele e minha nora, dois santinhos. Mas como ela pode ajudar o filho assim desparafusada — gemeu Avó Bel num sopro. — Uma santinha sem os parafusos — repetiu e levantou com energia a vassoura. — E por que o Júnior foi comprar uma fazenda neste deserto?

Fechei a mão. Os pingos de cera se desgrudaram da pele e a estrela branca virou uma estrela vermelha. Passei a língua nas queimaduras que começaram a arder e fiquei soprando. Merda, merda.

— Aqui na fazenda o Avô disse que tem mais tempo para lidar com suas roseiras.

— E por acaso a gente come rosas? Adoro ficar perto do meu filho, adoro poder ajudar minha nora que é essa florzinha meio tonta que você conhece e tem ainda o meu neto, o pobrezinho. Mas sinto falta daquelas minhas quermesses, lembra? A barraca da Pesca Maravilhosa ficou só minha, lembra disso? E o coitado do seu avô que adorava ir no fim de semana prosear com os amigos lá no clube, tudo era mais alegre.

Comecei a mascar um naco de cera mole. Me lembrava também que na última quermesse, Avó Bel brigou tão feio com o padre que escutei ele dizer que no futuro ela estava cortada como barraqueira. E que conversa era essa de dizer que gostava de saber que o Avô estava com os amigos no clube? Ele proseava, sim, mas acabava bebendo tanto que quase escangalhou a charrete na estrada. Em casa, o escarcéu, até prato ela fez voar.

— Pelo menos aqui eu não tenho escola.

— Mas vai ter. O ano que vem o João Carlos e você, os dois vão para o colégio interno.

— Não quero colégio interno.

— Quer sim senhora! — esbravejou Avó Bel descendo a vassoura que passou rodopiando rente da minha cabeça. — Um colégio finíssimo que seu tio escolheu. Vai virar agora uma selvagem?

Acendi a vela que o vento apagou. Esse assunto de escola ia render, melhor falar na morte. Contei que a galinha preta que ela chamava de Chica estava caída no galinheiro, o bico aberto, o olho parado. Avó Bel ficou me olhando. Baixei a cara vermelha feito romã, começava a mentir e já vinha essa vermelhidão. Ela esbravejou, como é que a Chica está morrendo se ainda há pouco tinha vindo comer milho na sua mão? E o que eu tinha de xeretar no galinheiro? Como se não bastasse o João Carlos que ia apalpar o cu das botadeiras para saber se vinha algum ovo.

— Fui ver se nasceu a ninhada da garnizé.

— Hum — ela resmungou enquanto ia tirando os fiapos da teia enleados nos fios da vassoura. Ficou olhando lá para fora mas não estava brava, estava triste. Começou mais forte o canto da cigarra. — Tem louco bom e tem louco ruim — ela disse. — Constança é só bondade, mas se não atrapalha também não ajuda. E esse meu neto, coitadinho do João Carlos, vendo a mãe assim... Vai ficar num bom colégio, eu sei, mas meu medo é que ele puxe pela família dela — segredou e olhou assustada em redor. — Uma gente finíssima mas todos com um parafuso de menos.

E eu então que sou órfã! pensei em dizer. Fiquei quieta. Não chorei nem com a morte da Mãe nem com a morte do Pai mas abri o maior berreiro quando a diretora da escola veio arrumar a gola do meu uniforme com aquela braçadeira preta que a Avó Bel pregou. Com essa idade e órfã! ela disse. Essa palavra *órfã*, só essa palavra que vi na capa do folhetim me fez perder o fôlego de tanto que chorei. Ninguém em casa ficou sabendo. E agora Avó Bel estava triste por causa daquela porcaria de menino. Eu preferia que ela ficasse brava e não triste e procurei depressa algum assunto alegre, mas não apareceu nada de alegre na sala a não ser o beija-flor que entrou num raio de sol até bater com o bico no lampião e sair contente pela mesma janela. O toco de vela estava no fim mas eu quis acertar antes o pingo quente na formiga vermelha que saiu da greta do chão. Ela viu, botou a mão na cabeça e entrou correndo no mesmo buraco.

— Está rachando de madura — disse o Avô chegando com uma jaca na mão.

— Leva isso embora, homem de Deus! Não vê que está pingando no chão que a outra acabou de lavar? E você, menina, quer fazer o favor de apagar essa vela antes que pegue fogo na casa?

Fui indo de gatinhas até enxugar com a fralda da camisa a poça de caldo que começou a pingar bem diante da botina dele. Cuidado, Avô, cochichei e ele botou a mão debaixo da jaca, riu e piscou para mim. Fui na cozinha buscar uma faca e uma colher e saímos os dois pela porta dos fundos. Sentamos na borda do poço. Não fosse aquela cigarra esgoelando e a tarde era um silêncio só. A cachorrada devia estar presa, só ficou o Volpi e o Luizão que dormiam esparramados debaixo da jabuticabeira. Um bando de abelhinhas amarelas veio atrás do perfume da jaca.

— Avó Bel anda zangada — eu disse. — O senhor bebeu?

Ele botou de lado a bengala de roseira dura. Pegou a faca e foi cortando os pedaços da jaca.

— Só um pouco. Mas fumei além da conta e não posso. É só não dar confiança, filha, que lá por dentro a sua avó é um doce. Um doce.

— E a rosa, Avô?

Ele me deu o pedaço maior e ficou mastigando sem nenhuma pressa. Depois enxugou o queixo e me passou o lenço. Começou a enrolar seu cigarro de palha. Os olhinhos escuros faiscavam.

— Segundo os meus cálculos, o primeiro botão verde deve abrir em setembro.

— E quando é setembro?

O Avô soprou para o alto a fumaça do cigarro e ficou olhando o céu.

— Nossa! que baita jaca — disse João Carlos. Trazia o alçapão com um filhote de morcego preso lá dentro. Me cutucou. — Vai me emprestar a lupa?

Ele pegava a pinça e mais a tesourinha dourada que Tia Constança guardava numa caixa e ficava horas fuxicando um bicho morto até separar toda aquela nojeira em cima de um tijolo. Ia ser médico.

— Você não vai judiar desse morcego, vai? — perguntou o Avô apontando para o alçapão.

— Não judio de bicho nenhum — João Carlos resmungou e sua cara ficou vermelha, também ele ficava vermelho quando mentia. — Peguei esse só para ver de perto, depois eu solto.

Fiquei olhando o morcego que parecia cochilar meio deitado no alçapão. Com as asas murchas e o olho empoeirado ele não parecia o Conde Vampiro da fita que passou em Casa Branca mas tinha a cara encardida de um andejo bem velho que encontrei na estrada.

— É preciso ter misericórdia, sabe o que é misericórdia? — perguntou o Avô trançando a mão.

— Ontem tirei um monte de berne da cabeça do Mimo.

É, mas fez um varal de gato que eu vi, tudo dependurado pelo rabo e esgoelando, se não fosse eu mais a Bila a gataria ia morrer na tempestade que caiu. Fiquei quieta. E fui saindo antes que ele inventasse de pedir de novo a lupa. Tia Constança já estava descendo a escada da varanda, vestida como se estivesse numa festa. Toda manhã era a mesma coisa, ela se arrumava e ficava esperando pelo portador que não vinha, mas não se aborrecia porque no dia seguinte começava tudo outra vez. Cheguei perto e puxei a tia pela mão.

— Vem comigo ver as flores.

Fui indo na frente e ela atrás, era a única que me obedecia. Seu vestido branco arrastava um pouco no chão e a cara corada era igual à da minha boneca de celuloide cor-de-rosa que acabou branca de tanto banho.

— O meu marido, o Júnior. Você sabe onde ele está?

Quando os grandes queriam esconder um morto diziam que ele foi viajar. Tio Júnior viajou de verdade mas era melhor mudar de conversa. Me abaixei e colhi uma margarida.

— Bota no cabelo, tia!

Ela obedeceu e riu. Quando ria, apareciam os dentinhos brancos como gotinhas de leite. Me olhou com um jeito desconfiado.

— Você não é a filha do Almiro?

Fiz que sim com a cabeça, mas antes que começasse a perguntar já fui dizendo que ele e a Mãe, todo mundo viajou. O Avô dizia que podia ler o céu como se lia um livro aberto. Dizia ainda que podia ler a cara das pessoas, mas na cara lisa de Tia Constança acho que não estava escrito nada.

— Estava procurando vocês — anunciou Bila correndo toda afogueada. Afagou a cabeça de Tia Constança.

— E Avó Bel — perguntei. — Varrendo o teto?

— Não, está na cozinha fritando batata, o grude já está saindo, tem batata frita!

No sítio ela era a minha pajem, mas aqui ficou pajeando a Tia Constança. Deixei as duas cochichando e fui indo lá para o lado onde estava o sol. Quando me deitei no capim tive que fechar os olhos porque não aguentei tanta luz. O Avô disse que a Mãe e o Pai foram embora feito fumaça, o que ficou enterrado não era nenhum dos dois. Então, onde vocês estão agora? perguntei para a nuvem que cobriu o sol e já foi seguindo adiante. Luizão veio todo contente lamber minha cara. Empurrei o focinho, O que você andou comendo de podre? Ele saiu latindo e foi cheirar o traseiro do Volpi. Levou uma mordida na orelha e de repente saíram na maior alegria. Quando passei antes pelas roseiras do Avô, futuquei um botão com a unha. Era branco, ainda era cedo. A cigarra parou de serrar e tudo ficou quieto, só lá longe começou a araponga. Agora eu sabia dos bichos. Das plantas. Assim que comecei a usar a lupa que ganhei do Avô no Natal, levei um susto, então era essa a cara de um inseto debaixo da lente? Fiquei apavorada, mas aumentados eles eram horríveis! Fui me acostumando quando fui achando que todos esses insetos eram parecidos com a gente nas suas festas. Nas suas brigas. Trabalhavam sem parar e também vadiavam como naqueles ajuntamentos de domingo no Largo do Jardim, gostavam de se divertir. E gostavam de brigar e algumas brigas ficavam tão feias que eu fugia com vontade de vomitar. Debaixo da lente, era medonho demais ver o olho vazado pelo ferrão cravado fundo e horrível a perna arrancada e ainda tremendo lá adiante ou a cabeça cortada e aquele corpo descabeçado procurando pela cabeça. Na lupa, aparecia até a cara preocupada da formiga carregando no ombro o ferido ou o morto, como faziam os soldados nas fitas de guerra. A aranha peluda ficava pior com seus oito olhos aumentados e sugando o mosquitinho também gigante mas tonto, berrando e esperneando no meio grudento dos fios, Socorro! Conforme o meu estado de espírito eu salvava ou não a joaninha arrastada pelo besourão chifrudo, o Avô falava muito nesse *estado de espírito* que era a vontade de fazer uma coisa e não outra. Conforme então esse estado de espírito eu resolvia na hora qual ia viver, a joaninha? A multidão de insetos também gostava das bandalheiras, mas se os grandes gemiam de um jeito de varar parede e se os gatos engatados gemiam mais alto ainda, o casal de moscas grudadas que apanhei dentro do copo não disse um *ah!* Um tempão elas ficaram estateladas e sem fala. Ou falavam e eu não escutava? Prendi a menorzinha pela asa enquanto que a maior se desgrudou e foi andando assim estonteada, presa na outra por um fiozinho que se esticou comprido feito cuspe. Meu amor, meu amor! falei dentro do copo fazendo o *zzzz* de um mosquito. Quando perdi a paciência, levei o copo até o fogão e joguei as duas dentro do braseiro. Debaixo da lupa fui vendo que as plantas não são assim tão paradas, o caso é que elas vão devagar nos seus negócios, menos a flor comilona, que essa até que era ligeira. Eu ia atrás de um gafanhoto quando de repente ele entrou pela boca aberta da flor. Antes mesmo de botar a lente em cima eu já adivinhei, o gafanhoto estava preso e ia ser mastigado vivo. Meti a mão na boca roxa disfarçada de corola e puxei o gafanhoto para fora, Fuja daí! Justo nessa hora o Avô me puxou pelo braço, Quer fazer o favor de não atormentar esse povo? Acho que o susto que levei foi igual ao do gafanhoto que tremeu e deu um pulo do tamanho do mundo. Eu também tremia inteira quando mostrei para o Avô a carreirinha de espinho no fundo da corola e que não era espinho coisa nenhuma, era dente. Está vendo, Avô? Se ele tivesse entrado no funil, ela nhoc! fechava a bocona. O Avô me devolveu a lupa, E daí? Você é Deus? Cuide da sua vida e deixe a natureza em paz. Guardei a lupa no bolso e fiquei pensando que um dia ainda contava para o Avô que joguei os mosquitinhos grudados no braseiro. E se o povo dos mosquitinhos estava por perto e viu? Quase pinguei cera quente na formigona vermelha. E se a filhinha dela chegasse e visse a mãe dura, no meio da cera? Tinha também aquele vidro cheio de minhocas vivas que enterrei e depois esqueci o lugar onde ficou esse vidro. E as borboletas que eu espetava com os alfinetes que tirei da caixa de costura da Avó Bel, Você mexeu na minha caixa? ela perguntou e minha cara virando uma romã madura. Mas para o João Carlos eu não ia mesmo emprestar a lente, ele não tinha o pai? a mãe? Tio Júnior viajou mas ia voltar e Tia Constança perdeu o tal de parafuso, mas não estava viva? Não peça nada para mim que sou órfã, Eu sou órfã! gritei. Fiquei escutando meu grito que repetiu lá longe, o Avô disse que isso era o eco, Eh! Avô. Em setembro ia nascer a rosa verde, que festa! Avó Bel avisou que no ano que vem vou para o colégio, merda. Mas ia demorar, antes tinha a rosa e agora o grude com a batata frita que já estava saindo. Afundei a mão no capim quente e fiquei alisando as costas da terra.

Uma Branca Sombra Pálida

Hoje fui ao túmulo de Gina e de longe já vi as rosas vermelhas espetadas na jarra do lado esquerdo, Oriana veio ontem. Não combinamos nada, é evidente, mas a jarra do lado esquerdo ficou sendo a dela, a jarra da direita é das minhas rosas brancas. Que já murcharam, as brancas duram menos. Acendi um cigarro. É proibido fumar, eu vi escrito por aí. E o que mais é proibido, viver? Fiquei um tempo olhando suas rosas vermelhonas, completamente desabrochadas. Um pouco mais de sol nessas corolas e em meio do perfume virá aquele cheiro que vem dos mortos quando também eles começam a amadurecer. Não nas narinas! eu disse. Fui buscar o corpo depois da autópsia, já não era mais a pequena Gina, agora era *o corpo* com aquele algodão atochado no nariz, Tira isso! O enfermeiro obedeceu, apático, tudo na sala era assim neutro mas limpo. Sua filha? ele perguntou. Fiz que sim com a cabeça e então me recomendou, Caso precise, a senhora depois arruma outro algodão. Não precisou, até o fim Gina ficou com suas narinas livres para voltar a respirar se quisesse. Não quis. Está certo, foi feita a sua vontade, ela era voluntariosa, quando resolvia uma coisa, hein?

Apanhei no chão o papel cinza-prateado da floricultura, logo aqui adiante há um cesto metálico e no cesto está escrito *Lixo*, este é um cemitério ordeiro. A desordeira é Oriana com seus dedinhos curtos, parece que estou vendo os dedinhos de unhas roídas amarfanhando raivosamente o papel que virou esta bola dura, não se conforma com a morte. Ah, que coincidência, porque também eu não me conformo, a diferença apenas é que você gosta de fazer sujeira, Você é suja! Um casal que vinha pela alameda ouviu e parou assustado. Jogo longe o cigarro, faço cara compungida e finjo que rezo enquanto me inclino diante da jarra das rosas vermelhas. Choveu, elas ficaram encharcadas. Depois veio o sol e as vermelhonas se fartaram de calor, obscenas de tão abertas. Ao anoitecer vão parecer viçosas, mas amanhã certamente já estarão escuras, com aquele vermelho-negro bordejando as pétalas. Sujas, repito bem baixinho porque o casal de velhos ainda continua por perto, comentando a beleza do ipê-amarelo que floriu numa sepultura de cal recente. A terra aqui é rica, tenho vontade de informar ao casal de idiotas, vergados de velhice e ainda alegrinhos, oh! as flores, os passarinhos. Vou com a minha jarra até a torneira mas antes deixo no cesto o ramo murcho das minhas rosas brancas e mais o papel que Oriana largou no chão. Desembrulho os botões que acabei de trazer, os caules duros, as corolas arrogantes de tão firmes — não é mesmo curioso? Gina tinha essa mesma postura altiva de bailarina se preparando para entrar no palco, a cabeça pequena, a testa pura. Artificial, sim, dissimulada mas querendo parecer natural, as bailarinas são dissimuladas como os próprios seios aplacados sob o corpete. Os gatos dissimulam feito as bailarinas, andou por casa uma gatinha de telhado que Gina encontrou na esquina, apaixonou-se pela gatinha, Filomena! Filô, Filô! E a gatinha vinha correndo e berrando com aquele rabo aceso, uma antena. Diante do pires de leite, a dissimulação: olhava para um lado, para o outro, desinteressada. Fingindo não estar com o menor apetite. Quando ficou no cio, desapareceu. E Gina aos prantos, chamando em vão, todos os dias deixava no jardim o leite, a carne. Estava no cio, queria um gato, eu avisei e Gina baixou aqueles olhos de um azul inocente. Não, mãezinha, ela ia ser freira. Cheguei a rir, uma gata freira? Mas Gina não estava fazendo graça, estava séria enquanto guardava na sacola as suas sapatilhas, resolvera entrar para uma escola de bailado clássico. Foi por essa época que conheceu Oriana, a dos dedinhos. Começou então a se interessar por Letras. Letras, Gina? É, Letras. Era o que a outra estudava. Você é que sabe, respondi. Sempre concordei com tudo e adiantava discordar?

Deixo a minha jarra com os seus botões empertigados ao lado das rosas de Oriana e penso agora que essas jarras ficaram grandes demais para um túmulo tão pequeno, Gina era pequena. A pequena Gina, digo e me sento na beirada da lousa, os cemitérios deviam ter cadeiras. Mas assim isto aqui não virava logo uma festa? Com a chegada da noite, a pequena Gina de sapatilhas rosadas a deslizar dançarinando por entre os túmulos e aquele lá do retrato, o cabelo encaracolado e a gravata preta de laçarote, um pianista a tocar o seu Prelúdio e o político, aquele da escultura pomposa, com os braços abertos na promessa interrompida, ansioso por continuar o seu discurso — mas não seria mais lógico cada qual cumprindo até o infinito o ofício da paixão? Este enorme espaço perdido, todo mundo amontoado lá fora e aqui a imensidão desabitada. Respeito pelas almas? Mas onde estão essas almas? Amasso devagar o papel de seda que embrulhava o meu ramo até o papel virar a bola que guardo no bolso. E também eu, lúcida mas participando da farsa. Está certo, já entendi, preciso representar. Mas representar para quem se a única vida que resta está nessas árvores? Nesta grama que rompe com fúria nos canteiros mas perde para a pedra, é o triunfo do mau gosto na pedra das estátuas. Das capelas. Mas os cemitérios têm mesmo que ser românticos, disse

Gina. Voltávamos do enterro do pai e agora me lembro que fiz uma observação que a desgostou, era qualquer coisa em torno desse ritual das belas frases, das belas imagens sem a beleza. Ela com a sua mágoa e eu com a minha impaciência, ah, a mentira das superfícies arrumadas escondendo lá no fundo a desordem, o avesso desta ordem.

Acendo outro cigarro. Comecei a fumar deste jeito desde o dia em que Oriana esqueceu o maço de cigarro no quarto de Gina, experimentei um, era bem mais forte do que aqueles que eu fumava meio espaçadamente. Enquanto fui ouvindo os discos, não parei até esvaziar o maço. Então fiquei ali quieta, sentada no chão do quarto em meio das almofadas onde elas estiveram e sentindo ainda no ar aquele indefinível cheiro de juventude. Uma borboleta com desenhos prateados nas asas veio agora rondar a jarra das rosas vermelhas, não quis os botões brancos, a safada. Quando se fartou das vermelhonas, fez um voo rasteiro até aqui, interessada no nome que mandei gravar na lousa, Gina. Deteve-se nas datas, é uma borboleta meio tonta mas curiosa: Quer dizer que ela tinha só vinte anos? perguntou excitada, batendo as asas com mais força. Só vinte anos. E era bonita? Demoro um pouco para responder. Bonita, não, mas quando falava tinha um jeito tão gracioso de interrogar inclinando assim a cabeça e aquele jeito de rir, os olhos tão acesos e os cabelos de um castanho-dourado tão profundo. O andar era de bailarina que não é mais bailarina e continua com a graça de quem vai assim flutuando — será que estou sendo clara? Claríssima, responde a borboleta. Acabou de pousar na letra *A* do nome, as asas inquietas, Foi acidente? Não, minha bela, respondo e sopro devagar a fumaça do cigarro na sua direção, foi suicídio. Acho que queria apenas me agredir, seria uma simples agressão mas desta vez foi longe demais. O pai tinha esse mesmo estilo ambíguo, não ia direto ao alvo, contornava. A diferença é que era mais esperto, não correria o risco de fazer figurações com a morte. A borboleta concordou enquanto se desviava da fumaça, adotei a marca de Oriana que não é marca para borboletas. E de repente, ela me pareceu desinteressada, tem vida curta, não pode ficar perdendo tempo com os mortos. Afastou-se da lousa em voos circulares, foi de novo até as rosas vermelhas, fez um último movimento gentil em redor da minha cabeça e lá se foi na direção do muro, Adeus!

A morte é um sopro, ouvi a pequena Gina dizer ao pai, eles gostavam desses assuntos. A alma, a tal essência sutil, só ela continua imperecível, segundo a dedução dos dois. Imperecível e consciente. Bem, Gina, você se matou, se pirulitou, como diz sua amiga, ela gosta desse verbo, pirulitar. Desertou do corpo mas está lúcida, certo? Então pergunto agora, era isso que você queria? Era isso? Você parecia tão feliz lá no seu quarto todo branco, se fechava com Oriana e falavam e ouviam música e riam, como vocês riam! Quando abriam a porta, estavam coradas, os olhos úmidos. Letras. Esmago no sapato uma formiga que surgiu debaixo de um pedregulho, há de ver que esteve lá embaixo naquele fundo nojento, rastejante, oh! Deus. Até hoje me pergunto por que ela escolheu o Domingo de Páscoa. Sem ressurreição. Passei esses três meses tentando provar — a quem? — o quanto estava sofrendo e assim entrei numa voragem de pequenas obrigações, missas, roupas pretas, o capricho na escolha deste túmulo aparentemente modesto mas da melhor qualidade. Até que me veio de repente a indignação, irritei-me até com a Efigênia que estava virando uma carpideira difícil de suportar, A minha queridinha que carreguei no colo! Sim, carregou Gina no colo mas chega, não foi isso que ela quis? Não foi? Então deve estar satisfeita, sua vontade foi cumprida. E se eu mesma me envolvi nessa espécie de polêmica com Oriana é porque estranhamente esses jogos florais me excitam. Ela vem com a arrogância das suas rosas vermelhas e me provoca deixando aí o ramo, eu venho com o meu ramo das brancas que espeto na jarra da direita — não era assim antes? Ela mandava as vermelhonas e eu respondia com o brancor dos meus botões. Que a sagaz Gina tinha o cuidado de não misturar, nessa altura as duas já andavam desconfiadas que eu suspeitava da espécie desses altos estudos. Falavam muito em poesia norte-americana, Oriana traduz na perfeição, foi o que eu entendi. A porta trancada e o toca-discos no auge, parece que a coisa só engrenava com fundo musical. *Jazz*. Eu podia colar o ouvido na parede e só ouvia a cantoria da negrada se retorcendo de aflição e gozo. A cama intacta, a coberta lisa. Os altos estudos eram feitos ali no chão em meio de almofadas com pilhas de cadernos, livros. Os cinzeiros atochados, latinhas de refrigerantes, cerveja. E a música. A música.

A Whiter Shade of Pale. Não sei como a agulha já não fez um furo nesse disco, eu disse. Gina tinha levado a outra ao ponto de táxi e voltava com sua carinha lavada, não usava maquiagem. Guardou o disco no envelope e já ia escapulindo quando a puxei pelo braço, mas o que quer dizer isso, *A Whiter Shade of Pale*? Seu olhar dançarinou pelo título: Uma Imagem Mais Branca que Pálida, talvez. Ou Uma Branca Sombra Pálida. Ficou hesitante e prometeu dar uma resposta depois, ia perguntar a Oriana. Então eu quis dizer que achava um verdadeiro lixo essa música de drogados, mas consegui me conter. Ainda assim, devo ter feito alguma ironia porque ela fechou a cara e a porta. Me lembro agora de um detalhe, Gina gostava dos clássicos, paixão por Mozart, mas quando se trancava com Oriana, começava o som dos delinquentes. Parem com isso! eu queria gritar. Então pegava o meu tricô e calmamente ia pedir a Efigênia que levasse o lanche das meninas, um chocolate bem quente e os pãezinhos no forno, bastante manteiga. Sal. Elas estudam demais, queixou-se Efigênia enquanto cortava o pão. Olhei-a nos olhos, também ela?... Uma velhota incapaz de malícia e agora. Apertei a cabeça entre as mãos e fiquei andando, andando sem parar, mas o que significava isso? Será que eu estava enlouquecendo? Fiquei uma esponja de fel? perguntei em voz alta e fui para o meu quarto. Experimentei o chão. Era duro para mim, mas na idade delas a gente podia falar em dureza? Se olhasse pelo buraco da fechadura, chegaria até a cabeceira da cama. Alcançaria ainda o olho vermelho do toca-discos e uma parte da mesa com os livros. A bandeja no chão com alguns copos de vidro — mais nada.

Minha filhinha é de vidro, ele disse. O pai. Fumava cachimbo com aquele mesmo ar romântico com que Gina ouvia Chopin, mas eu sabia o que estava por detrás desse romantismo. Resolveu que ela faria a sua Primeira Comunhão e resisti à ideia. Ele insistiu com o argumento de que toda criança fica feliz nessa festa. Comandou tudo. A manhã fria e o vento, sempre o vento. A pequena Gina desceu do carro segurando a grinalda de rosinhas, não fosse o vento arrebatá-la. Correu para subir a escadaria da igreja e foi nos esperar lá em cima, a longa saia de organdi branco a se abrir feito um balão, o véu esvoaçante querendo subir, Cuidado, Gina! Cuidado, filha! repeti e fiquei me perguntando, mas cuidado por quê? Ele acendeu o cachimbo e a cinza me alcançou. Quer ter a bondade de apagar isso? pedi. Ofereceu-me o lenço. Limpei a cinza que se colara ao meu lábio e apontei o banco do carro, Olha aí, Gina tinha que esquecer o missal. Ele guardou no bolso o cachimbo apagado, apanhou o missal e falou entre os dentes, Deixa a menina em paz.

Fiz sua vontade, meu querido. Dei-lhe toda liberdade e se você ainda vivesse poderia ver agora no que deu essa liberdade. Mas seu coração era delicado, os delicados não têm resistência. Gina recebeu ovos de chocolate e flores, mas justo nesse Domingo de Páscoa Oriana não apareceu. Tarde da noite, passei pelo seu quarto e pela porta entreaberta, vi que ela podava os longos caules das rosas vermelhas que tinham chegado sem cartão. Fiquei olhando a pequena Gina com sua camisolinha curta, os cabelos soltos até os ombros e descalça, ela gostava de andar descalça.

Uma criança, pensei, e tive que cerrar as mãos contra o peito, com medo de que ela ouvisse o meu coração. Assim que me viu, esboçou um sorriso e continuou cortando com a tesourinha de unhas os caules que em seguida mergulhava no copo d'água. Reparei que o corte era oblíquo e exato, tique, tique... Comecei falando em trivialidades, me lembro que cheguei a oferecer-lhe um refresco. Ou quem sabe preferia um chá? Sem interromper a tarefa que executava como se dispusesse de uma régua para podar os caules sempre no mesmo tamanho, agradeceu, tinha tomado um lanche com amigos. Confesso que não sei, até hoje não sei por que de repente, sem alterar a voz, comecei a falar com tamanha fúria que não consegui segurar as palavras que vieram com a força de um vômito, Gina querida, como é que você tem coragem? De continuar negando o que todo mundo já sabe, quando vai parar com isso? Ela levantou a cabeça e ficou me olhando, Mas o que todo mundo já sabe, mamãe? Do que você está falando? Cheguei perto dela, acho que me apoiei na mesa para não cair. Mas ainda me pergunta?! Falo dessa relação nojenta de vocês duas e que não é novidade para mais ninguém, por que está se fazendo de tonta? Não vão mesmo parar com essa farsa? Seria mais honesto abrir logo esse jogo, vai Gina, me responde agora, não seria mais honesto? Mais limpo? Ela continuou com a tesourinha aberta no ar, a rosa com o caule ainda inteiro esperando na outra mão, imóvel feito uma estátua. Cruzei os braços com força porque eram os meus dentes que agora batiam. Levantei a voz mas falei devagar. A escolha é sua, Gina. Ou ela ou eu, você vai saber escolher, não vai? Ou fica com ela ou fica comigo, repeti e fui saindo sem pressa. Bons sonhos, querida, devo ter dito quando já estava na porta e agora já não sei se disse isso ou se pensei enquanto segui firme pelo corredor. Quando já chegava ao meu quarto, Gina veio correndo e me alcançou. Veio por detrás, me abraçou apertadamente, colada às minhas costas, fazia assim quando era criança e sentia frio, era uma criança friorenta, Ah, mamãe, mamãe!

ficou repetindo agarrada em mim. Ela sabe que não gosto de beijos, nem tentou me beijar mas apenas me abraçava, as mãos fechadas com força em redor da minha cintura, Mãezinha, mãezinha!... Acho que eu não esperava essa reação porque me assustei, devo ter abrandado a voz enquanto a afastava, desgrudei-me das suas mãos e ficamos frente a frente. Vista uma roupa, Gina, você vai se resfriar! Não se preocupe comigo, depois a gente se fala, agora vá dormir, é tarde, vá dormir! Por um momento ela ficou me olhando, os braços caídos ao longo do corpo, a boca interrogativa, olhando. Fiz um último gesto antes de entrar no meu quarto, sentia tamanho cansaço. Fechei a porta e fiquei ouvindo meu coração que há pouco parecia ter enlouquecido e de repente se acalmou. Peguei o tricô e varei a noite acordada, mas em nenhum momento me ocorreu que além das duas saídas que lhe ofereci, havia uma terceira. Que foi a que ela escolheu, cortar com aquela tesourinha, tique! o fio da vida no mesmo estilo oblíquo com que cortara os caules.

Me lembro bem, chegaram poucas pessoas, vizinhos. Conhecidos. Ficaram a uma certa distância do caixão e pareciam espantados mas cerimoniosos. Tenho alguns primos que moram longe, a família está desaparecendo. E Gina nunca foi de fazer amigos, tirante Oriana, vieram três ou quatro colegas e ainda assim, na última hora, os mortos do fim de semana concorrem com festas, viagens. É evidente que perdem na competição. Segurei Efigênia que já telefonava, Só avise Oriana depois que tudo estiver arrumado, entendeu? O cenário já estava armado quando ela chegou lívida com sua braçada de rosas vermelhas, iguais às que Gina podara na véspera. Foi varando o pequeno círculo dos cerimoniosos e se aproximou do caixão até ficar na minha frente. Estava mais descabelada do que de costume, o olho estalado, sem lágrimas, mas senti que lá por dentro estava aos gritos, que eu negasse tudo, Diga que não é verdade, que não aconteceu! Eu arrumava as rosas brancas em redor da cabeça de Gina com sua coroa da Primeira Comunhão. Não acredito em Deus, já disse, se às vezes chamo por ele é assim automático, não acredito. Mas fiz questão de cumprir todo o ritual da morte cristã, ela e o pai, ambos gostavam desse teatro da inocência. Até nesse ponto os dois eram parecidos com Oriana que também gosta dessas bugigangas afrorreligiosas, tem a fitinha vermelha amarrada no pulso e a cruz de ferro na corrente do pescoço, Diga que não, que não é verdade! ela suplicava em silêncio. Como eu não lhe desse a menor atenção, agarrou-se a Efigênia num abraço e pude então ouvir os seus gemidos desvairados, Não!... Quando Efigênia se desprendeu para preparar o café, ela voltou cambaleante. Entre nós, a pequena Gina no seu jardim suspenso. No silêncio tão espesso que podia ser cortado com faca, o olhar de Oriana parecia agora interrogar Gina, Mas por quê?!... Lembrei então da música que repetiam até o orgasmo, *Uma Branca Sombra Pálida*. Sim, ela ficou apenas isso na morte. A respiração de Oriana foi se acelerando cada vez mais, devia ter a idade de Gina e no desespero respirava feito uma velha asmática, Não aconteceu, não é verdade! Ainda com a boca travada passei-lhe o recado, Aconteceu sim, minha querida. Aí está a sua amiguinha abarrotada de pílulas, ela não era a sua amiguinha? E agora comporte-se, nada de histeria, não me obrigue a te botar na rua. O vento apagou uma das velas, tirei do bolso a caixa de fósforos e quando voltei ao meu posto, Oriana chorava silenciosamente a uma certa distância, a cara escondida no seu ramo de rosas. Quando não se aguentou mais, saiu resfolegante feito um cavalo e foi ao banheiro para vomitar. Ou para abafar os guinchos na toalha ou queimar seu fumo ou tomar alguma pílula, é uma viciada. Voltou fortalecida. Efigênia já tinha passado a bandeja de café e agora as duas cochichavam num canto, mais uma vez Oriana devia estar pedindo que ela repetisse a mesma coisa, que a menina parecia bem quando foi buscar na cozinha o vaso de opalina ou um copo para as flores, não se lembrava.

Viu-a bem mais tarde, queria beber água. Despediu-se com um beijo, nenhuma novidade, fazia sempre assim. O tubo que ela esvaziou? Não, ninguém tinha visto esse tubo antes. Deitou-se com sua camisolinha e amanheceu aquela imagem que eu enfeitava tentando botar ordem na desordem da morte, a morte é só desordem, sei como Gina deve estar agora. E sei também como elas se amavam, andei lendo sobre esse tipo de amor.

Acendo outro cigarro e respondo ao cumprimento do alegre casal de velhos que vem retornando do seu passeio pela alameda, andam pelo cemitério como se estivessem num bosque. Leio a advertência no maço, Fumar é Prejudicial à Saúde. Mais prejudicial do que o cigarro é a memória, digo baixinho ao velho que lançou um olhar reprovador ao meu cigarro. A memória e os seus detalhes. Coisas pequenas, minúcias. Eu já tinha ocupado com as minhas rosas brancas quase a metade do caixão quando Oriana veio de novo com as suas rosas vermelhas e teve um gesto tímido, Posso?... Seus olhos brilhavam em meio das lágrimas, tem olhos bonitos e quando sorri, chega a ficar bonita, enfim, essa coisa da juventude. Posso?... Consenti com um movimento de cabeça, está bem, deixasse suas rosas obscenas aí no caixão mas só da cintura para baixo, ventre, pernas, Ô! filha, eu deixei escapar. É que me viera de repente o estranho sentimento de que Gina parecia meio assustada, como se não tivesse tomado consciência daquilo tudo, Quer dizer que eu morri? Inclinei-me como se quisesse ajeitar-lhe a coroa e devo ter dito um Sim! na sua pequena orelha, era tão sensível aos ruídos, uma cadeira que se puxasse, uma colherinha que caísse. Mas o tal som degradado e no mais alto volume, esse ela podia ouvir horas seguidas. Muito parecida com o pai a pequena Gina, seria um bicho de concha se morasse no mar. A Oriana dos dedinhos curtos tinha ao menos uma virtude, abria o jogo, não blefava, agora estava sofrendo e não escondia. Nem escondia a carícia na gula da mãozinha respeitosa que ia arrumando as suas rosas mas também tocando no corpo sob a seda transparente do vestido, Nunca mais, Gina? Tive uma vontade louca de responder ali, diante de todos, Isso mesmo, nunca mais! E agora me lembro que ficou bonita a superfície do pequeno jardim retangular feito uma bandeira metade branca, metade vermelha, as vermelhas já alcançando os pés descalços de Gina, seus pés eram perfeitos. Apenas por um instante Oriana os fechou nas mãos, bafejando neles como se quisesse aquecê-los. Depois foi recuando de costas e desapareceu.

Ainda uma vez olho as duas jarras com as rosas, Até quando?! Até quando Oriana vai se empenhar comigo nessa polêmica? É uma exibicionista, deve sentir prazer nas competições. Mas logo vai conhecer outra, é evidente. Ao lado das suas rosas ressequidas ficarão apenas as minhas rosas brancas. Difícil explicar, mas quando isso acontecer, esta será para mim a sua maior traição.

Anão de Jardim

A data na qual fui modelado está (ou não) gravada na sola da minha bota mas esse detalhe não interessa, parece que os anões já nascem velhos e isso deve vigorar também para os anões de jardim, sou um anão de jardim. Não de gesso como pensava a Marieta, Esse anão de gesso é muito feio, ela disse quando me viu. Sou feio mas sou de pedra e do tamanho de um anão de verdade com aquela roupeta meio idiota das ilustrações das histórias tradicionais, a carapuça. A larga jaqueta fechada por um cinto e as calças colantes com as botinhas pontudas, de cano curto. A diferença é que os anões decorativos são risonhos e eu sou um anão sério. As crianças (poucas) que me viram não acharam a menor graça em mim. Esse anão tem cara de besta, disse o sobrinho do Professor, um menino de olhar dissimulado, fugidio. Então eu pensei aqui com os meus botões (não tenho botões) que quando ele for homem vai ser um corrupto boçal e essa ideia me deixou bastante satisfeito. Não agrado as crianças e nem espero mesmo agradar essas sementes em geral ruins, com aqueles defeitos de origem somados aos vícios que acabam vindo com o tempo. Quais desses pequeninos modelados pela vulgaridade dos pais vão chegar à plenitude de seres honestos? Verdadeiros? Não quero ser um anão puritano, afinal, não estou pedindo heróis, não estou pedindo santos mas dentre esses machos e fêmeas, quais deles serão ao menos limpos? Dê um passo à frente aquele que conseguir escapar da agressividade num mundo onde a marca (principal) é a da violência. Pois é, as crianças. Não tive melhor impressão dos adultos, pelo menos dos habitantes dessa casa. Tirante o Professor (bom e bobo) pude ver (por dentro) a sedutora Hortênsia que desde o começo desconfiou de mim, Não parece um anão filosofante? Prefiro os anões inocentes, ela disse. Então a Marieta riu com seu hipócrita lábio leporino, É um anão de gesso, Professor? Não dá sorte, resmungou. Ele não respondeu, tinha o cachimbo no canto da boca e estava ocupado em me instalar mais confortavelmente entre os tufos de samambaia e próximo da cadeira onde vinha se sentar para tocar o seu violoncelo. Pois é, os adultos. A saltitante Hortênsia matou (devagar) o Professor com doses (mínimas) de arsênico dissolvido no chá-mate. Não era melhor a chantagista Marieta que vestia as roupas da patroa quando ela viajava e dava beijos estalados no focinho do Miguel para depois aplicar-lhe os maiores pontapés quando não via ninguém por perto. Falei em Miguel, um vira-lata que Hortênsia achou na rua quando voltava do encontro com o amante, ela ficava generosa depois desses encontros, recolheu o Miguel com suas pulgas e numa outra noite recolheu o gato no qual botou o nome de Adolfo. Esse sempre foi sagaz como a própria dona mas ainda assim eu o preferia ao Miguel, que era superficial, confiado, na primeira vez em que me viu levantou a perna e mijou na minha bota.

Fui feito de uma pedra bastante resistente mas há um limite, meu nariz está carcomido e carcomidas as pontas destes dedos que seguram o meu pequeno cachimbo. E me pergunto agora, se eu fosse um anão de carne e osso não estaria (nesta altura) com estas mesmas gretas? Nem são gretas mas furos enegrecidos como os furos dos carunchos, a erosão. Tanto tempo exposto aos ventos, às chuvas. E ao sol. Tudo somado, nesta minha vida onde não há vida (normal) o que me restou foi apenas isto, juntar as lembranças do que vi sem olhos de ver e do que ouvi sem ouvidos de ouvir. Presenciei, assisti como testemunha impassível (na aparência) ao que vagarosa ou apressadamente foi se desenrolando (ou enrolando) em redor, tantos acontecimentos com gentes. Com bichos. Mas tudo já acabou, as pessoas, os bichos, desapareceram todos. Fiquei só dentro de um caramanchão em meio a um jardim abandonado. Pela porta (porta?) deste caramanchão em ruínas vejo a casa que está sendo demolida, resta pouco dessa antiga casa. Quando ainda estava inteira havia em torno uma espécie de auréola, não eram as pessoas mas era a casa que tinha essa auréola mais intensa nas tardes de céu azul. E em certas noites claras, quando em redor dela se formava aquele mesmo halo luminoso que há em redor da lua. Agora há apenas névoa. Pó. A morte lenta (e opaca) da casa exposta vai se arrastando demais, os dois operários demolidores são vagarosos (preguiçosos) e estão sempre deixando de lado as picaretas para um jogo de cartas com uma cerveja debaixo do teto que ainda resta. Falei na auréola da casa. Esse suave halo também surpreendi (às vezes) em redor da cabeça do Professor mas isso foi nos primeiros tempos, quando ele ainda tinha forças para vir compor no seu violoncelo, ele compunha aqui ao meu lado. Mas assim que a distraída Hortênsia (fazia a distraída) começou a executar seu plano para herdar esta casa (e outras), assim que começou a esquecer (era esquecida) as tais pequenas doses de veneno na caneca do chá-mate, a carne já envelhecida (setenta anos) do Professor começou a ficar mais triste. E o halo foi se apagando até desaparecer completamente. O Professor, Hortênsia e Marieta. O Professor tocava seu violoncelo e sonhava até que interrompeu (ou continuou?) o sonho debaixo da terra. Hortênsia, a (falsa) distraída podia ter ido embora simplesmente com seu amante corretor de imóveis mas e a herança? Na última vez em que apareceu aqui no caramanchão teve um olhar pensativo para o violoncelo lá no canto. Voltou o olhar para mim e disse como se eu tivesse lhe pedido satisfações, Depois eu volto para levar. Não voltou. Saiu com seu passinho curto e o seu espelho e o seu gozo. Depois de tão longa temporada com um músico velho, só um corretor tão jovem quanto voraz, foram cúmplices no crime. Será que o tempo (o remorso) vai um dia corroer as delicadas entranhas de Hortênsia como corroeu a minha cara? Fico às vezes me perguntando por que a Marieta me irritava ainda mais do que a própria assassina que pelo menos sabia o que queria e fez (bem) o que planejou. Mas a Marieta-Alcoviteira era uma estúpida, chantageou (mal) a patroa e só não foi além porque mediu a força da outra e teve medo, recuou. Habilmente, Hortênsia se desfez dela, mandou-a cozinhar em outra freguesia até o dia em que ela mesma for cozinhada no fogo do inferno. Os bichos? Adolfo, o gato, assim que desconfiou que as coisas por aqui não andavam brilhantes, fez sua valise e tomou rumo ignorado, sempre foi misterioso. Continua em algum lugar com o seu mistério. Miguel, o cachorro, era superficial mas esperto, quando viu o navio afundando, saiu correndo e foi se aboletar com os móveis no caminhão da mudança e de lá ninguém conseguiu tirá-lo, o que fez a Marieta perder o fôlego de tanto rir quando avisou à patroa que o Miguel já tinha ido na frente esperar por ela na nova casa. O triunfo da impunidade.

Debandaram todos. Eu fiquei. Eu e o violoncelo esquecido e apodrecendo lá no canto. A madeira do caramanchão também apodreceu debaixo das trepadeiras ressequidas, um dia os homens da demolição entraram aqui para fazer suas avaliações. Olharam o violoncelo, bateram com os nós dos dedos na madeira, Será que isso vai render alguma grana? o mais velho perguntou. O outro fez uma careta, Apanhou muita chuva, não serve nem para o fogo, disse e botou a mão no meu ombro. E este anão rachado? Deixa este por minha conta que eu acabo com ele. Saíram e ficou o silêncio murmurejando no jardim. Uma aranha cinzenta desceu e foi tecer sua teia entre as grossas cordas do violoncelo mas as cordas já estavam fracas e como se a teia pesasse, foram estourando aos poucos, tóim. Tóim. Então a aranha abandonou a casa musical, deve estar por aí com os insetos e outros bichinhos que continuam fazendo (e desfazendo) os seus negócios. Volto às minhas lembranças que foram se acumulando no meu eu lá de dentro, em camadas, feito poeira. Invento (de vez em quando) o que é sempre melhor do que o nada que nem chega a ser nada porque meu coração pulsante diz EU SOU EU SOU EU SOU. Meu peito (rachado) continua oco. A não ser um ou outro inseto (formiga) que se aventura por esta fresta, não há nada aqui dentro e contudo ouço o coração pulsante repetir e repetir EU SOU. Fiquei como um homem que é prisioneiro de si mesmo no seu invólucro de carne, a diferença é que o homem pode se movimentar e eu estou fincado no lugar onde me depositaram e esqueceram. Até ser removido. Ou destruído, o que vai acontecer logo, os demolidores estão chegando à última parede da casa. Logo eles virão com as picaretas nesta direção, já disse que o mais jovem (e mais forte) me escolheu. E até que esses operários sabem fingir eficiência, a pressa porque apressado mesmo é o corretor-amante, ontem ele andou por aqui. Deu suas ordens com a maior ênfase, está impaciente, o terreno é grande e está localizado num bairro elegante, quer fazer logo o negócio. Quando foi embora no seu belo carro, fiquei olhando o jardim com sua folhagem desgrenhada enfrentando bravamente o capim furioso. Um jardim selvagem mas fácil de abater, trabalho vai dar a figueira-brava com suas raízes agarradas à terra, se descabela às vezes quando fica em pânico. Mas antes será a vez deste caramanchão e eu aqui dentro. Meu avô também era meio arrogante, me disse o Professor certa noite. E riu seu riso breve, nesse tempo ainda ria. É com arrogância que agora espero a morte? Não tenho medo, não tenho o menor medo e essa é outra diferença importante entre um anão de pedra e um homem, a carne é que sofre o temor e tremor mas meu corpo é insensível, sensível é esta habitante que se chama alma. Falei em alma, seria ela um simples feixe de memórias? Memórias desordenadas, obscuras. Tudo assim esfumado como um sonho entremeado de fantasmas, seria isso? Não sei, sei apenas que esta alma vai continuar não mais neste corpo rachado mas em algum outro corpo que Deus vai me destinar, Ele sabe. E agora me lembro da noite em que este peito rachou feito uma casca de ovo: Hortênsia entrou aqui trazendo um pratinho de biscoitos e a caneca fumegante de chá-mate. Deixou a bandeja na mesinha e fez um ligeiro afago na cabeça do Professor que estava abraçado ao violoncelo mas com as mãos descansando frouxas sobre as cordas. Ela voltou para mim o olhar buliçoso, E como vai o anão filosofante? Um dia vou tapar os seus ouvidos com duas bolinhas de algodão, ela disse rindo. E levou a caneca ao Professor, Toma logo, querido, assim vai esfriar! Foi quando meu peito pareceu intumescido, inchado, era tamanha a minha fúria e asco, quis saltar e jogar longe aquela caneca, Não beba isso! O que eu teria lhe transmitido nesse instante para que ela tivesse aquela reação estranha? Ficou de costas, afastou-se. Ele pegou a caneca, soprou a fumaça e tomou um largo gole como um viciado em veneno. Teve um sorriso descorado quando me indicou com a mão que segurava a caneca, Deixa o Kobold com seus ouvidos, preciso de um ouvinte assim severo. Fechei os olhos (olhos?) para não vê-lo beber o resto do chá. Vou jogar no clube, ela avisou ao sair toda saltitante, andava às vezes feito um passarinho. Ah, não vá deixar de tomar sua sopa, já avisei a Marieta. Ficamos sós. Então eu tive ímpetos de agarrá-lo, sacudi-lo até fazê-lo vomitar o chá, Seu idiota! Ela está te matando, te matando! Minha indignação foi tão violenta que senti nessa hora que alguma coisa em mim estava se rompendo, foi excessivo o esforço que fiz para me movimentar. Ele continuou imóvel, pensando, a cara assombrada. Depois levantou-se com dificuldade, chegou a se apoiar no violoncelo que quase tombou num gemido, Blom!... Vai chover, Kobold, avisou baixinho. Quando o vi afastar-se cambaleando em direção à casa eu tive a certeza de que não ia vê-lo mais. A chuva se anunciou num raio que varou o teto do caramanchão. Fui atingido ou foi aquela coisa que se armou no meu peito e acabou por golpear a pedra? Não sei, mas sei que foi nessa noite que se abriu esta rachadura sem sangue e sem dor. Então as formigas foram subindo pelo meu corpo e vieram (em fila indiana) me examinar. Entraram pela fresta, bisbilhotaram o avesso da pedra e depois saíram obedecendo a mesma formação, além de disciplinada a formiga é curiosa e essa curiosidade é que a faz eterna.

Kobold. Pois Kobold foi o nome que o Professor me deu, ele estava num antiquário quando me descobriu de repente no fundo penumbroso de uma das salas. Achou graça em mim (nesse tempo ainda ria) e disse ao vendedor que eu era muito parecido com seu avô chamado Kobold, o avô tinha o mesmo nariz de batatinha, a pele toda enrugada e esse jeito pretensioso de juiz que julga mas não admite ser julgado. Inclinou-se para me examinar e pareceu agradavelmente surpreendido, Esse anão tem um furinho lá dentro do ouvido como as imagens dos deuses chineses para ouvir melhor as preces. Não vai ouvir preces mas o meu violoncelo, ele avisou ao me instalar no chão arenoso do caramanchão, entre dois tufos de samambaia. Sua música era boa? Era ruim? Não sei e nem ele ficou sabendo, esse meu dono era tão fraco que não teve nem forças para cumprir sua vocação, não tomava notas ou então rabiscava desordenadamente as composições em folhas que acabava perdendo e a Marieta jogava no lixo. Tocava o violoncelo horas seguidas (blom, blom, blom) refugiado ali no verde do caramanchão fechado pelas trepadeiras e nesses momentos parecia (vagamente) feliz. E agora me lembro, quando um sabiá veio cantar na figueira, ele se encantou e acabaram ambos fazendo um dueto, o sabiá soltava seus gorjeios agudos e o violoncelo respondia com sons tão graves que pareciam vir das profundezas da terra. Me lembro ainda que ele lamentou um dia, Que pena, o sabiá foi embora. Numa tarde em que Hortênsia chegou com a manta para cobrir-lhe os pés (fazia frio), surpreendeu-o falando sozinho e fingiu zangar-se, Não quero que fale sozinho, querido, isso é coisa de velho! Ele suspirou, Mas eu sou velho. E defendeu-se em seguida, Não estou falando sozinho, estou falando com o Kobold. Mas isso já faz muito tempo, ela era amante do banqueiro com quem ia para a Europa, acho que não pensava (ainda) em assassinar o Professor. Nessa época ele estava de cama com bronquite e era aqui no caramanchão que ela vinha telefonar para o amante. Trazia o pequeno telefone dentro da sacola de lona vermelha e ficava fazendo suas ligações secretas. Quando não conseguia comunicar-se com ele (era casado) mandava a Marieta levar-lhe os bilhetes. Aqui ela teve a notícia da morte do banqueiro e pela palidez que vi em sua face (sempre corada) pude bem imaginar o quanto ele era rico. Vieram em seguida os outros amantes, demorou um certo tempo para conhecer o corretor que acabou seu cúmplice. Pelas conversas (em código) que chegavam (às vezes) ao auge da discussão, deu bem para perceber que ele queria recuar, deve ter tido medo. Mas quando esse tipo de mulher mete uma coisa na cabeça, vai mesmo até o fim. A diferença foi que dessa vez a mensageira Marieta (que já devia estar chantageando) ficou completamente de fora.

Amanheceu. Ontem, os homens derrubaram o último muro e hoje será a vez do caramanchão, ouvi os dois combinando, a figueira vai ficar para depois. Deixa o anão comigo, o mais jovem lembrou e fez um gesto obsceno. Tenho pouco tempo. Sei que esta essência (alma?) que me habitou tantos anos não vai agora se esfarelar como a pedra, sei que vou continuar, mas onde? Reconheço que sou mal-humorado, intolerante, não devo ter sido um bom parceiro nem de mim mesmo nem dos outros, não me amei e nem amei o próximo. Mas convivendo com esse próximo eu poderia ser diferente? Tanta ambição, tanta vaidade. Tanta mentira. O Professor era delicado, manso de coração mas não era irritante com a sua mornidão? A bondade sem a coragem, sem a energia, ele nem dava pena, dava até raiva. Dos outros, desses não quero nem falar, tenho pouco tempo, confesso que não fui mesmo compassivo e assim ainda ouso sonhar com uma outra vida porque sempre sonhei (e ainda sonho) com Deus. Então peço isto, queria servi-lo na ativa, quero lutar com o amor que sou capaz de ter e não tive, queria ser um guerreiro, não um discípulo-espectador mas um discípulo-guerreiro, me pergunto até hoje como aqueles lá permitiram a crucificação de Jesus Cristo. Eu sei do seu desencanto diante deste mundo que ficou ruim demais e ainda assim estou pedindo, quero lutar, me dê um corpo! Imploro o inferno do corpo (e o gozo) que inferno maior eu conheci aqui empedrado. Na hora do julgamento do Cristo Pilatos pede uma bacia d'água, lava as mãos e diz: "Estou inocente do sangue deste justo". Ah! eu queria tanto entrar ali na forma de uma serpente e picar Pôncio Pilatos no calcanhar!

As vozes dos demolidores estão mais nítidas, um deles parou para arregaçar as mangas da camisa, vai acender um cigarro. Baixo o olhar e vejo um escorpião que saiu de debaixo da pedra e se aproximou até parar interrogativo diante do bico da minha bota. Sei que é o último bicho que vejo, nenhum medo nem dele nem da morte mas agora é diferente, estou ansioso, ansioso, ah! se pudesse compreendê-lo, mas escorpião não precisa de compreensão, precisa de amor. Tem a cor da palha seca e a cauda erguida, está com a cauda em gomos sempre erguida no alto e em posição de dardo, o veneno na ponta aguda, é um lutador pronto para se defender. Ou atacar. Avançou mais e as pinças dianteiras que sondam e informam — as pinças se imobilizaram endurecidas no ar. A cauda (rabo) erguida e pronta para o combate se ele pressentir que minha bota vai avançar. Aí está o taciturno habitante das cavidades. Das sombras. E me lembro de repente, vi certa tarde um casal (macho e fêmea) passeando de mãos dadas, é possível? mas vi o casal sair de mãos dadas sob o sol que se escondia, também eles se escondendo.

Os homens estão parados na entrada do caramanchão e combinam um jogo para mais tarde, o mais velho parece satisfeito, o trabalho está praticamente terminado. O escorpião já fugiu com seu dardo aceso, as pinças altas no alerta, escondeu-se. A tática. Um ser odiado odiado odiado e que resiste porque os deuses o inscreveram no Zodíaco, lá está o Signo do Escorpião o Scorpio e se Deus me der essa mínima forma eu aceito, quero a ilusão da esperança, quero a ilusão do sonho em qualquer tempo espaço e o demolidor jovem está aqui junto de mim. Pai nosso que estais no céu com a Constelação do Escorpião brilhando gloriosa brilhando com todas as suas estrelas e o braço do homem se levanta e fecho os olhos Seja feita a Vossa vontade e agora a picareta e então aceito também ser a estrela menor da grande cauda levantada no infinito no infinito deste céu de outu / bro

Sobre Lygia Fagundes Telles e Este Livro

"Lygia Fagundes Telles, como todos os grandes escritores, tem a sabedoria do detalhe, a sensibilidade do toque ao esboçar as personagens que vão se revelando num gesto, numa palavra. A escritora conhece e desvenda os jogos do destino, da loucura e da morte. Tem a percepção para descobrir o momento daqueles reencontros improváveis, daquelas alegrias inesperadas e dos repentinos desesperos. A forma concisa convém ao seu estilo sóbrio: recusa os maneirismos com seu característico pudor pelas adjetivações inúteis. [...] Descreve, às vezes, algo assim minúsculo, um pormenor sem importância que aparece casualmente e permanece inesquecível. Esta coletânea de contos — *A Noite Escura e Mais Eu* — expressa bem o estilo da autora: um constante sentimento de estranheza, uma surda ameaça."

JOSYANE SAVIGNEAU (*LE MONDE*, PARIS)

"*A Noite Escura e Mais Eu* (belo título, de um poema de Cecília Meireles usado na epígrafe), entre todos os livros de contos de Lygia, talvez seja sua obra-prima. Pela unidade, pela densidade, pela extraordinária dignidade que confere à língua portuguesa, mesmo quando trata de temas ou situações sórdidas, perversas, violentas. Ler Lygia Fagundes Telles, para quem é dado a esses requintes, traz o prazer da descoberta da beleza, sonoridade e expressividade da nossa língua. Não que seja uma estilista afetada, retórica e vazia, como às vezes costuma ser a 'literatura feminina', e isso por uma razão muito simples: Lygia é basicamente uma contadora de histórias, no melhor e mais vasto significado da expressão. Histórias encantatórias, como as de *As Mil e Uma Noites*, ou as das babás e tias de antigamente. [...] A verdade é ambígua e escapa o tempo todo, parece dizer Lygia nas entrelinhas de tudo que escreve, centrado nesse conflito para sempre insolvido entre mucos, ódios, nojos da matéria orgânica desprezível e a possibilidade do espírito. Maior riqueza seria impossível num escritor, suspenso sobre o abismo do fio esticado das palavras, também elas ambíguas."
CAIO FERNANDO ABREU

"Se aplico o adjetivo 'liderança feminina' às ficções de Lygia Fagundes Telles é tão somente para ressaltar que elas se comprazem em perscrutar, com uma visão eminentemente 'de dentro', a interioridade feminina. Quase escusava dizer que o poder de convencimento dessa visão é diretamente proporcional à mestria — a cada livro mais apurada — da prosa por que se veicula. [...] Não será leitor digno de uma ficcionista como Lygia Fagundes Telles quem suponha que o interesse de suas ficções se esgote no nível do enredo. Ao contrário, o interesse persiste mesmo depois de terminada a leitura, quando, viva ainda na memória a ressonância das situações emblemáticas representadas no livro, ficamos a matutar no esquivo significado das figurações que enriquecem a semântica do dito com as instigações do não dito ou do quase dito."

JOSÉ PAULO PAES

“A astúcia de Lygia está em nos passar a impressão de que ela não inventou as histórias que conta. É como se as tivesse visto acontecendo, as tivesse anotado e transcrito para nós. [...] O escritor precisa ver o que está dentro, invisível aos distraídos. Por ter essa visão profunda e abrangente Lygia é a escritora que é. [...] Cada novo livro de Lygia é uma viagem fascinante. Viaje com ela neste *A Noite Escura e Mais Eu*. A escuridão do título é enganosa. Intelectual e emocionalmente trata-se de algo luminoso.”
JOSÉ J. VEIGA

“A atmosfera de Lygia Fagundes Telles é sempre de mistério e serenidade, equilíbrio e sortilégio.”
PAULO RÓNAI

As inovações de Lygia Fagundes Telles

POSFÁCIO / FÁBIO LUCAS

Cada conto de Lygia Fagundes Telles carrega peculiar autonomia. A escritora emergiu no cenário histórico brasileiro mediante uma escrita a muitos respeitos pioneira. Seu pioneirismo tornou-se ao mesmo tempo escritural e temático.

A Noite Escura e Mais Eu, cuja primeira edição data de 1995, é testemunho do que desejamos sustentar. Trata-se de uma coletânea especialmente feliz para o conhecimento da capacidade técnica da autora e das opções temáticas que a orientam. Baseado num verso de Cecília Meireles, o título diz muito. "A noite escura" nos remete à tragédia da condição humana; "mais eu" aponta para a perspectiva individual. Na antologia predominam os relatos em primeira pessoa, numa espécie de tirania do "eu".

A cada organização dos contos, Lygia Fagundes Telles procura constâncias enunciativas que a distinguem dos demais escritores. Há um conjunto de situações arquetípicas, próprias do ser humano, que são representadas em distinto patamar de excelência narrativa, fruto de acabamento apurado. Além disso, graças ao toque pessoal de criação e inventividade, o conjunto transcende o formato esférico da mitografia, pelo cunho particular de cada ação dramática e pelo rigoroso tratamento da linguagem. Ao esmero do linguajar culto junta-se o esmero estilístico.

Desde a estreia, a ficcionista procurou dar centralidade ao "eu narrativo". Cada cosmovisão é oferecida sob o ponto de vista do narrador-personagem. Desse modo, tornou-se comum à autora conduzir o fluxo da consciência feminina. Isso era temerário então. Mas estávamos no pós-guerra e a mentalidade conservadora sentia-se insegura diante dos rumos da história. Lygia ousou registrar os movimentos interiores da alma feminina e acompanhar os desejos, as limitações e as inibições da mulher. Não lhe foi fácil confrontar o espírito reacionário instalado na sociedade brasileira, sujeita ao autoritarismo masculino e à herança patriarcal. Aos poucos, ela firmou-se como pioneira na prosa de ficção e pioneira na temática feminina.

Além desse aspecto desafiador, logrou encontrar a forma narrativa adequada ao projeto literário. É que a ação dramática de seus contos e romances regia-se pela exposição terrificante do desencontro. A ficção de Lygia Fagundes Telles, desde o início, situou-se fora e distante da coleção cor-de-rosa, de espírito ingênuo e submisso, a denunciar a falta de complexidade nas relações humanas transmitidas às escassas mulheres alfabetizadas.

O novelo narrativo de Lygia Fagundes Telles enreda-se de modo próprio, traz consigo a representação literária dos movimentos desordenados da mente. Como está expresso nas ruminações da protagonista do conto "Uma Branca Sombra Pálida": "Ela com a sua mágoa e eu com a minha impaciência, ah, a mentira das superfícies arrumadas escondendo lá no fundo a desordem, o avesso desta ordem".

Observe-se a justeza conceitual do trecho em questão. O "ela" se refere à personagem Gina, a cujo túmulo a narradora levava flores. O fluxo da consciência é variado, múltiplo de informações. Jovem, não inteiramente bela, mas de fala e andar graciosos, jeito de bailarina. Os dados informativos vêm do diálogo imaginário com a borboleta que, fugindo aos botões brancos da protagonista, sondava a jarra de rosas vermelhas da amiga de Gina. A borboleta, no monólogo interior, indagava da morte desta: "Foi acidente? Não, minha bela, respondo e sopro devagar a fumaça do cigarro na sua direção, foi suicídio".

Voltando ao primeiro enunciado, vê-se que "as superfícies arrumadas" (do cemitério, das pessoas, da vida) são "mentira", pois ocultam, no fundo, "a desordem, o avesso desta ordem".

No diálogo entre a protagonista e a borboleta, nota-se o modo sintético com que uma das sequências do enredo é transmitida em pinceladas seguras, leves e dramáticas ao mesmo tempo. A ordem em plena desordem. E o apelo intercalado da função fática: "minha bela". Que, como se sabe, ocorre quando se deseja verificar se o contato está funcionando ou se o interlocutor continua atento. Interrompe-se a mensagem e consulta-se o canal para retomar a fluência das palavras.

A memória da narradora se desloca do contexto, que engloba o pai da vítima: "O pai tinha esse mesmo estilo ambíguo, não ia direto ao alvo, contornava". Eis aí uma qualificação pessoal que se adequa ao estilo da ficcionista. Diga-se: o conto "Uma Branca Sombra Pálida" é uma das composições mais bem construídas de Lygia Fagundes Telles. Tem a força de um melodrama.

No relato da personagem em estado de atividade mental — monólogo interior —, a confluência de tendências contraditórias do choque de hipóteses gera um clima de situação tensional em permanente desequilíbrio patológico. Com isso se evita o ordenamento lógico-sucessivo-linear do conto realista, que se quer uno e conclusivo.

O que se nota, na composição de Lygia, é o processo da narração, mais que o controle da intriga e de seus aspectos lógicos, fechados, anedóticos ou catastróficos. A urdidura é menos visível que a enunciação, cadenciada, envolvente, meticulosa e astuta.

Postas as duas personagens, a autora explora delas a não equivalência de estatutos, o intervalo que distancia os parceiros.

O sujeito do monólogo interior é subordinado ao processo de contar, ao enunciado da ação dramática que se passa, de preferência, no íntimo da depoente. A construção do oponente (ou da oponente) faz parte de sua imaginação doentia. Tal é o conteúdo do conto inesquecível "Boa Noite, Maria", verdadeira obra-prima. Ali se estudam, simultaneamente, dois motivos. Um, o da morte. Um verdadeiro estudo da eutanásia repousa no envolvimento da consciência. O outro motivo, a pulsão vital provocada pelo acaso, talvez pelo Destino. O surgimento inesperado de um doador, um personagem cativante caído do céu,

Julius Fuller, multifacetado, cuja última aparição tanto poderia ser a do marinheiro quanto a de ancoradouro.

É comum, na estrutura lógico-discursiva do relato, surgirem níveis de ruptura ou interrupção da continuidade a transferir a movimentação do exterior — suponhamos, o enredo problemático — para a movimentação interior, ondulante, inconclusiva. Muitas vezes, a interrupção do fluxo mental aparece em sinais conativos. O dialogismo íntimo aponta para um devir indeterminado, difuso, marcadamente dramático.

Assim como acontece na prosa de Machado de Assis, com Lygia Fagundes Telles o narrador não propõe armistício com a condição humana, não açucara o término do andamento narrativo com o final feliz. Pois a felicidade está fora da sociedade humana. Impera sempre uma disjunção entre duas potencialidades, ou intenções voluntaristas.

Os contos de Lygia Fagundes Telles criam uma atmosfera aberta às transformações e conjecturas do intérprete. Quebra-se a linearidade autoritária dos contistas prisioneiros da ordem estabelecida, da simetria e da simbologia moralista ou didática, como se vê nos contos populares, nas fábulas e nos apólogos. Ou na estirpe realista do gênero.

A aparente desorganização da consciência do narrador busca a unidade do enredo. As partes funcionam como fatores da unidade dramática. A arte do ficcionista consiste em dar ordem ao caos da memória. Ordem literária, diga-se, pejada de motivações de cunho psicológico.

A narrativa não se apresenta contígua, mas, aos poucos, o leitor vai sentindo a unidade causal, o sentido geral do conto, da história escondida nos meandros da linguagem aparentemente descuidada.

Nada se lhe apresenta imotivado. Os contos de Lygia Fagundes Telles realizam a plenitude da narrativa, em sua inteireza, garantidas a consequência e as causações interiores. Para lembrar ensinamento de Forster, no enredo nada fica com fios soltos. É espantoso o jogo da contista no encaminhamento do discurso narrativo.

A ação dramática não significa movimento muscular que venha a alterar o mundo exterior; nem motivada decisão que leve a modificar a relação do sujeito com o outro. Vai além a ação dramática, pois incorpora momentos sutis da mente, essa espécie de reservatório da experiência humana, única e intransferível, do sujeito enunciador. Os registros da consciência em ação acesa e decisiva vêm ao leitor nas repetições de vocábulos, de exclamações, murmúrios e conclusões apressadas que assediam a personagem. O variado uso das funções conativas, aquelas que acolhem especialmente o vocativo e o imperativo, integram o repertório inocente das crianças.

O mesmo se dá com as funções fáticas, em que o condutor da mensagem inspeciona o veículo, experimenta o contato. Na relação dialógica, ocorrem repetições, palavras e sons aparentemente estranhos que têm por finalidade controlar, confirmar e reestabelecer a comunicação: são expressões como "veja bem", "observe", "creia" etc. Na prosa de Lygia Fagundes Telles, como na de Julio Cortázar, abundam recursos como a função emotiva (exclamação), conativa (vocativo, imperativo) e fática (alguns simples ruídos: "hum-hum"). No admirável conto "Anão de Jardim", temos: "Tocava o violoncelo horas seguidas (blom, blom, blom) refugiado ali no verde do caramanchão". No inexcedível "Papoulas em Feltro Negro", o estilo indireto livre faculta à narradora introduzir exclamações ou comentários que conferem expressividade ao desenho de cada personagem ou à tensão exposta ao longo do texto. Exemplifiquemos com dois trechos:

> Natividade ficou pensando. Quando desatou a falar, lembrou que já tinha escutado um disco onde eu tocava um clássico mas apareceu um gato e tchum! arranhou o disco. Se a agulha caía nessa valeta, acrescentou e riu, Hi, hi!

Animada com essa ideia, ela começou um monólogo sobre seus dois casamentos, no primeiro foi felicíssima, um esplendor de marido que morreu jovem, a sorte é que ficaram quatro filhos. Mas na segunda vez, Cristo Rei! que desastre.

Aí estão "tchum!", "Hi, hi!" e "Cristo Rei!".

Dos variados recursos retóricos, vale ressaltar certas repetições de efeito crescente na dramatização do episódio. Eis um exemplo buscado em "Dolly", primeiro conto deste volume, admirável descrição do confronto da inocência ingênua com a fatalidade da vida:

O noivo da Matilde disse que três motivos podiam provocar um crime assim, ela esqueceu o terceiro mas não tem terceiro, o motivo é um só, a crueldade a crueldade a crueldade.

Para quem aprecia tanta riqueza de soluções para o encanto do leitor, que seja apontado, no bojo de *A Noite Escura e Mais Eu*, o término do conto "Anão de Jardim", tão recheado da mitografia particular da autora, a começar pelo título. É que o sinal gráfico derradeiro, com o vocábulo dividido, interrompido, indica o fim da vida do narrador, da consciência narrativa do anão, dotado magicamente de animismo, em agonia:

> Seja feita a Vossa vontade e agora a picareta e então aceito também ser a estrela menor da grande cauda levantada no infinito no infinito deste céu de outu / bro.

A prosa de Lygia Fagundes Telles se impõe até no aspecto desautomatizador e singularizante da Arte. Manipula o efeito estranhamento preconizado por Chklóvski. Cada palavra, cada pensamento desencadeia um movimento articulatório conexo, foneticamente sedutor.

Até as investidas no campo do fantástico estão carregadas de ambiguidade, de apelo à inteligência e à compreensão do leitor.

O que se tem, na prosa de Lygia, e especialmente em *A Noite Escura e Mais Eu*, é a livre associação mental, o discurso reflexivo, imanentista. São certos níveis pré-verbais, pré-lógicos, de expressão de vontades e sentimentos, é a estrutura musical dos vocábulos em processo de arranjo narrativo. É a tentativa de impor a ordem literária à desordem da vida.

FÁBIO LUCAS é escritor, crítico literário, membro das Academias Paulista e Mineira de Letras e presidente do conselho da União Brasileira de Escritores.

Certa vez, em um desses encontros com leitores, ouvi Lygia Fagundes Telles revelar como gosta de escrever. É todo um ritual. Ela arruma a mesa, cada coisa em seu lugar. Providencia café e cigarros, põe música na vitrola (clássica, sem palavras), acende um bastão de incenso. Veste-se meticulosa, sempre de cores claras. E nessa atmosfera, construída a favor, trabalha por longo tempo. A qualquer hora, desde que não passe das nove da noite, pois então continua ligada e não consegue dormir. Também precisa estar disposta. Quando não se sente bem, ou fica preocupada, não escreve: deita-se e cobre-se até a cabeça.

O medo, conforme a escritora, lhe chegou cedo. Nas histórias que as empregadas contavam à criança, de mulas sem cabeça e caveiras fanhosas, de mulheres galopantes que tinham se deitado com padres e gerado lobisomens. Encolhida, ela sofreu. Mas uma noite começou a inventar seus próprios casos e descobriu: os outros é que tremiam. Na sua inocente alegria criadora, a menina transferia o medo e se libertava. Entretanto muito depois, referindo-se à época dos seus rejeitados contos de adolescente, diria: "hoje uma jovem de quinze anos fuma, bebe, lê Kafka, discute e faz sexo — enfim, ousa tudo. Com essa idade, eu era só ignorância. E medo."

Sem dúvida é supersticiosa. De receios aprendidos como não passar embaixo da escada. De temores mais fundos, por exemplo, sal derramado na toalha. Então se tumultua, diante do mau presságio, o sal, uma raiz-forte. Pessoalmente e por escrito, na vida, como nos livros, mostra intimidade com mistérios. Já declarou que a maioria dos seus textos tem origem desconhecida, logo não sabe explicar o inexplicável. Falando em público, usa muito as palavras magia, abismo, sortilégio. E chegou a definir sua ficção: "O inatingível mistério com seu grão de imprevisto e de loucura".

Signo de Áries, domicílio do planeta Marte, cor vermelha. Mas ela também aposta no verde. Sua bandeira, se tivesse uma, seria assim: metade verde, metade vermelha. Esperança e paixão destituída de cólera. Apesar de tudo, ainda apostava mais no verde, como seu pai apostava. Ele era jogador, arriscava na roleta. Ela nas palavras. Jogo sem parceiros e sem testemunhas, jogo duro. Perdi? "Mas amanhã, a gente ganha", dizia o pai, apalpando os bolsos vazios de fichas. Apalpa os seus, transbordantes de palavras. "Jogo feito", avisa o homem pálido com cara de destino. Ainda não, responde. E segue na sua busca, felizmente, esperança e paixão.

Esportiva, faz ginástica, nada e anda muito. Talvez porque, além de direito, haja cursado Educação Física. Gosta de bichos, prefere cachorro a gato, mas tem gato: bicho mais prático, mais independente. (Seu gato é decorativo e ciumento, hostiliza as visitas; apesar de chato não é burro: adora Beethoven e odeia rock.) Disciplinada, consegue vencer a dispersão das múltiplas atividades que se avolumam: entrevistas, palestras, seminários, debates e reuniões de entidades, a vida literária de corte positivo.

Na antologia de contos *Lições de Casa*, há uma fotografia dela criança. A menina parece que vai sair da página, impulsiva na sua leveza, o rostinho desafiador. Foi o tempo em que o pai a chamava Baronesa de Tatuí, alusão à rua em que nascera e quem sabe a alguma coisa mais. Essa força, ou determinação, que a torna participante. "Deus vomita os mornos", cita com alguma frequência. E leva para um romance, em plena quadra do horror, o nosso primeiro depoimento de tortura. E vai a Brasília, anos atrás, entregar ao ministro o nosso primeiro manifesto de intelectuais contra a censura.

E hoje trabalha, ativamente, na organização do próximo Congresso Brasileiro de Escritores.

Muito já se disse da escritora, no monumento crítico em torno da sua obra. Muito já se falou da mulher inteligente, séria e generosa. As duas figuras confundem-se, naturalmente, posto que verdadeiras. Desde que aprendeu a escrever com a sopa de letrinhas, a lutadora, a profissional, a rigorosa Lygia Fagundes Telles tem sido incansável. Criando mistérios, domesticando demônios. Confiante, fazendo o seu momento. E sempre foi bonita.

A Autora

Lygia Fagundes Telles nasceu em São Paulo e passou a infância no interior do estado, onde o pai, o advogado Durval de Azevedo Fagundes, foi promotor público. A mãe, Maria do Rosário (Zazita), era pianista. Voltando a residir com a família em São Paulo, a escritora fez o curso fundamental na Escola Caetano de Campos e em seguida ingressou na Faculdade de Direito do Largo São Francisco, da Universidade de São Paulo, onde se formou. Quando estudante do pré-jurídico cursou a Escola Superior de Educação Física da mesma universidade.

Ainda na adolescência manifestou-se a paixão, ou melhor, a vocação de Lygia Fagundes Telles para a literatura, incentivada pelos seus maiores amigos, os escritores Carlos Drummond de Andrade, Erico Verissimo e Edgard Cavalheiro. Contudo, mais tarde a escritora viria a rejeitar seus primeiros livros porque em sua opinião "a pouca idade não justifica o nascimento de textos prematuros, que deveriam continuar no limbo".

Ciranda de Pedra (1954) é considerada por Antonio Candido a obra em que a autora alcança a maturidade literária. Lygia Fagundes Telles também considera esse romance o marco inicial de suas obras completas. O que ficou para trás "são juvenilidades". Quando da sua publicação o romance foi saudado por críticos como Otto Maria Carpeaux, Paulo Rónai e José Paulo Paes. No mesmo ano, fruto de seu primeiro casamento, nasceu o filho Goffredo da Silva Telles Neto, cineasta, e que lhe deu as duas netas: Lúcia e Margarida. Ainda nos anos 1950, saiu o livro *Histórias do Desencontro* (1958), que recebeu o prêmio do Instituto Nacional do Livro.

O segundo romance, *Verão no Aquário* (1963), prêmio Jabuti, saiu no mesmo ano em que já divorciada casou-se com o crítico de cinema Paulo Emílio Sales Gomes. Em parceria com ele escreveu o roteiro para cinema *Capitu* (1967), baseado em *Dom Casmurro*, de Machado de Assis. Esse roteiro, que foi encomenda de Paulo Cezar Saraceni, recebeu o prêmio Candango, concedido ao melhor roteiro cinematográfico.

A década de 1970 foi de intensa atividade literária e marcou o início da sua consagração na carreira. Lygia Fagundes Telles publicou, então, alguns de seus livros mais importantes: *Antes do Baile Verde* (1970), cujo conto que dá título ao livro recebeu o Primeiro Prêmio no Concurso Internacional de Escritoras, na França; *As Meninas* (1973), romance que recebeu os prêmios Jabuti, Coelho Neto da Academia Brasileira de Letras e "Ficção" da Associação Paulista de Críticos de Arte (APCA); *Seminário dos Ratos* (1977), premiado pelo PEN Clube do Brasil. O livro de contos *Filhos Pródigos* (1978) seria republicado com o título de um de seus contos, *A Estrutura da Bolha de Sabão* (1991).

A Disciplina do Amor (1980) recebeu o prêmio Jabuti e o prêmio APCA. O romance *As Horas Nuas* (1989) recebeu o prêmio Pedro Nava de Melhor Livro do Ano.

Os textos curtos e impactantes passaram a se suceder na década de 1990, quando, então, é publicado *A Noite Escura e Mais Eu* (1995), que recebeu o prêmio Arthur Azevedo da Biblioteca Nacional, o prêmio Jabuti e o prêmio Aplub de Literatura. Os textos do livro *Invenção e Memória* (2000) receberam os prêmios Jabuti, APCA e o "Golfinho de Ouro". *Durante Aquele Estranho Chá* (2002), textos que a autora denomina de "perdidos e achados", antecedeu o seu mais recente livro, *Conspiração de Nuvens* (2007), que mistura ficção e memória e foi premiado pela APCA.

Em 1998, foi condecorada pelo governo francês com a Ordem das Artes e das Letras, mas a consagração definitiva viria com o prêmio Camões (2005), distinção maior em língua portuguesa pelo conjunto da obra.

Lygia Fagundes Telles conduziu sua trajetória literária trabalhando ainda como procuradora do Instituto de Previdência do Estado de São Paulo, cargo que exerceu até a aposentadoria. Foi ainda presidente da Cinemateca Brasileira, fundada por Paulo Emílio Sales Gomes. É membro da Academia Paulista de Letras e da Academia Brasileira de Letras. Teve seus livros publicados em diversos países: Portugal, França, Estados Unidos, Alemanha, Itália, Holanda, Suécia, Espanha e República Checa, entre outros, com obras adaptadas para tevê, teatro e cinema.

Vivendo a realidade de uma escritora do terceiro mundo, Lygia Fagundes Telles considera sua obra de natureza engajada, comprometida com a difícil condição do ser humano em um país de tão frágil educação e saúde. Participante desse tempo e dessa sociedade, a escritora procura apresentar através da palavra escrita a realidade envolta na sedução do imaginário e da fantasia. Mas enfrentando sempre a realidade deste país: em 1976, durante a ditadura militar, integrou uma comissão de escritores que foi a Brasília entregar ao ministro da Justiça o famoso "Manifesto dos Mil", veemente declaração contra a censura assinada pelos mais representativos intelectuais do Brasil.

Lygia Fagundes Telles já declarou em uma entrevista: "A criação literária? O escritor pode ser louco, mas não enlouquece o leitor, ao contrário, pode até desviá-lo da loucura. O escritor pode ser corrompido, mas não corrompe. Pode ser solitário e triste e ainda assim vai alimentar o sonho daquele que está na solidão".

Na página 125, retrato da autora feito por Carlos Drummond de Andrade na década de 1970.

Esta obra foi composta
em Utopia e Trade Gothic
por warrakloureiro
e impressa em ofsete pela
Gráfica Paym sobre papel
Pólen Bold da Suzano S.A.
para a Editora Schwarcz
em maio de 2023

MISTO
Papel produzido
a partir de
fontes responsáveis
FSC® C133282

A marca FSC® é a garantia de que a madeira utilizada na fabricação do papel deste livro provém de florestas que foram gerenciadas de maneira ambientalmente correta, socialmente justa e economicamente viável, além de outras fontes de origem controlada.